엄마도
꿈이 있나요?

엄마도 꿈이 있나요?
나를 다시 꿈꾸게 한 작은 물음

초 판 1쇄 2024년 05월 01일

지은이 황미영, 안유정, 조지희, 강수현, 박상미, 박연현, 박혜민, 황태경
펴낸이 류종렬

펴낸곳 미다스북스
본부장 임종익
편집장 이다경
책임진행 김가영, 윤가희, 이예나, 안채원, 김요섭, 임인영, 임윤정
표지/내지 일러스트 강수현
표지 디자인 안유정

등록 2001년 3월 21일 제2001-000040호
주소 서울시 마포구 양화로 133 서교타워 711호
전화 02) 322-7802~3
팩스 02) 6007-1845
블로그 http://blog.naver.com/midasbooks
전자주소 midasbooks@hanmail.net
페이스북 https://www.facebook.com/midasbooks425
인스타그램 https://www.instagram/midasbooks

ⓒ 황미영, 안유정, 조지희, 강수현, 박상미, 박연현, 박혜민, 황태경, 미다스북스 2024, *Printed in Korea*.

ISBN 979-11-6910-624-5 03810

값 18,000원

🏃 **미다스북스**는 다음세대에게 필요한 지혜와 교양을 생각합니다.

엄마도
꿈이 있나요?

나를 다시 꿈꾸게 한 작은 물음

꿈을 펼쳐가는
여덟 엄마의
이야기

황미영

안유정

조지희

강수현

박상미

박연현

박혜민

황태경

미다스북스

어릴 적 나의 꿈은 천문학자였다. 어느 날 밤엔가 하늘에 떠있는 별들을 보고 그렇게 정했다. 그리고 그 꿈을 포기하기까지는 오랜 시간이 걸리지 않았다. 나는 수학을 못했던 것이다. 이유는 너무나 명백했고 단순했다. 이 책에 나오는 8인의 여성의 삶은 그렇게 단순하지 않다. 그들에겐 꿈에서 멀어진 순간부터 주저앉든 다시 도전하든 수없이 많은 억압 기제가 작용한다. 그걸 뚫고 다시 일어선다는 것은 좀 거창하게 말하면 숭고하기까지 하다. 나는 책을 읽으며 뭉클하기도 하고, 울컥하기도 하였다. 그러고 보니 내가 천문학자를 포기한 것은 수학을 못했던, 그러니까 순전히 내 탓이었으므로 억울할 일도 아니었다.

손석희 (언론인, 일본 리츠메이칸대학 객원교수)

녹록지 않은 육아의 시간 속에서도 꿈꾸기를 멈추지 않는 8인의 엄마들이 자신의 일상을 공유하며, 오랫동안 간직해 온 고민을 솔직하게 털어놓고, 가장 힘들었던 순간을 마주하며 우리에게 다가옵니다. 이들의 소중한 이야기는 삶을 진지하게 살아가는 엄마들의 마음을 위로하고, 마음속 꿈을 일깨울 것입니다. 이 책을 쓴 저자들과 책을 읽을 우리 엄마들이 '엄마'라는 첫 번째 꿈 너머 '나'로서 이루어 갈 두 번째 꿈을 응원합니다.

김은미 (『마음아, 안녕?』 외 다수 저자,

한국마음성장코칭센터, 마음성장학교 대표)

나에게 꿈은 모호하고 실체가 없는 게 아니다. 대단하고 엄청난 게 아니다. 남들이 좋다고 하는 것들 말고 오롯이 내 안에서 꿈틀대는 것을 찾는 일이다. 그리고 내 안에는 내 생각보다 더 잘 해내는 누군가가 들어있음을 믿는 일이다. 아이의 질문에 멈칫했던 여기 8명의 엄마도 스스로를 믿고 자신의 자리에서 꿈을 향한 여정을 시작했다. 그 길의 끝에 무엇이 있을지 모르겠지만 애써 걷는 모든 걸음이 꿈같으리라. 그녀들의 꽃길에 함께할 수 있어 기쁘다.

곽진영 (『엄마의 첫 SNS』 외 다수 저자, 블라썸원 대표)

엄마는 꿈이 뭐야?

"엄마, 엄마는 꿈이 뭐야?"

여느 때처럼 자신의 꿈을 줄줄이 나열하며 미래를 꿈꾸던 아이가 그저 숨 쉬듯 툭 내뱉은 질문이었다. 지극히 일상적이고 가벼운 물음이었지만 엄마에게는 그렇지 않았다. 아이의 한마디로 아득한 과거에도 갔다가 오지 않은 미래까지 다녀왔다. 모래 알갱이 같던 생각은 금세 묵직한 바윗덩이가 되었다.

어릴 적엔 모두가 나의 꿈에 관심이 많았다. 훌륭한 사람이 되라며, 공부를 열심히 하라며, 부모님 말씀을 잘 들으라며 나에게 원하는 것들도 많았다. 빵집 주인이 되고 화가가 되고 작가가 되고 고고학자가 되고 광고를 만들고 기사를 쓰고. 물론 나의 꿈 역시 한둘은 아니었던 기억이다. 그랬던 삭은 아이에게 '꿈'이 옅어진 것은 꿈이라는 단어가 서서히 진로가 되고 직업이 되었을 때부터였다. 그즈음부터 아무도 나에게 꿈을 묻지 않았고 그건 나 역시 마찬가지였다.

'꿈'을 잃은 지 오래였다. 저 멀리 어딘가를 보고 내달리는 것이 아니라 발밑만 보고 걷기에도 급급한 삶이었다. 하루 잘 살아내고 나면 그다음 날 또 같은 하루가 기다리고 있었다. 그런 '엄마'에게 '꿈'이라니. 누군가는 속 편한 소리 한다며 혀를 끌끌 찰지도 모르겠다. '엄마'의 꿈은 아무도 궁금해하지 않는다. 마치 엄마의 꿈은 '아이'이고 '가족'이니 이제 다 되었다는 듯이. 하지만 그들은 모른다. 그녀들이 '엄마'라는 한 가지 옷을 입기 이전에 얼마나 각자의 색깔로 반짝이던 사람들이었는지.

이제 여기에서 꿈꾸는 사치를 누려 볼 참이다. 아무도 물어주지 않으면 내가 물으면 될 일이다. 시작은 아이가 툭 던진 작은 돌멩이 하나였지만, 그 돌멩이가 만들어 낸 동그란 물결이 이리저리 닿아 또다른 물결을 만들어 내리라 믿는다. 그 물결이 닿은 엄마들이 다시 꿈꾸는 시간을 갖길. 그러고 나면 다시금 각자의 색깔을 드러낼 수 있으리라.

꿈꾸는 엄마는 힘이 셉니다.

꿈꾸는 사람은 '지금'을 그냥 흘려보내지 않으니까요.

우리 지금,

꿈을 꿀 시간입니다.

"엄마, 엄마는… 꿈이 뭐예요?"

2024 봄, 김선이

『오늘도 이 닦으며 천만 원 법니다』 저자

『오늘도 애쓰셨습니다』 공저자

라이팅미 기획자

목차

Chapter 1

꿈꾸는 반업주부, 마음의 주인이 되고 싶어

황미영

1

나에게 꿈을 묻는 작은 존재들

"엄마, 엄마는 꿈이 뭐야?"

"엄마는 이담에 커서 뭐가 되고 싶어?"

"꿈은 몇 살 때쯤 이루어지는 거야? 나 진짜 궁금해."

아이와 함께하는 대부분의 하루는 질문으로 시작해서 질문으로 끝이 난다. 눈앞에 보이는 것에 대한 시시콜콜한 궁금증부터 저 멀리 하늘나라와 우주 이야기, 보이지 않는 엄마의 꿈까지, 아이의 물음에는 경계가 없다. 누워서 마냥 꼼물거리던 아기가 언제 이렇게 자라 물음표를 쏟아 내는지 신기하기만 하다. 배밀이를 하고 바닥을 기다가 잡고 서고 걷고. 일련의 발달은 어느 정도 예측이 가능했지만, 질문은 다르다. 예상치 못한 순간에 훅! 치고 들어온다. 당황한 모습을 들킬라 괜히 웃거나 얼버무리며 지나갔지만 점점 마음이 쓰였다.

"그런데 말이야, 엄마는 지금 꿈꿨던 대로 살고 있어?"

아이들은 기습 공격의 귀재다. 작고 사소한 질문으로 잽을 날리다가 마지막은 강력한 어퍼컷 한 방이다. 지금 꿈꾸었던 대로 살고 있냐니, 할 말을 잃은 나는 멍해졌다. 정리되지 않은 대답이 머리 위로 둥둥 떠다닌다. 의문의 KO패. 한없이 작아진 나는 그저 덩그러니 서 있었다. '그러게, 내 꿈은 뭐지?', '이담에 커서 뭐가 되고 싶었더라?', '나 지금, 잘살고 있나?'

초중고와 대학, 졸업하고 취업하며 사회생활을 하는 동안 오지랖 넓은 사람들의 질문과 참견에 지친 적이 있다. 마주치는 사람마다 결혼은 언제 하느냐고 지독하게 묻더니, 그다음은 아이 계획이다. 남의 노산을 왜 걱정하는지. 어렵게 첫째를 낳았더니 둘째는 언제냐고, 있는 줄도 몰랐던 숙제를 왜 아직도 제출하지 않냐고 재촉하곤 했다. 그때까지만 해도 회사에 종종 급한 프로젝트가 생기면 참여 가능 여부를 물었다. 일을 다시 시작할 것인지, 언제쯤 복귀할 것인지, 아니면 새로운 일을 할 계획이 있는지, 다른 질문도 사은품처럼 딸려 왔다. 생각이 없는 건 아니지만 아이를 맡길 곳이 없어서 '지금은' 어렵다고 몇 번 거절했더니, 그때부터 나를 향한 질문은 거의 사라졌다.

이건 다행일까 불행일까.

　처음에는 상관없었다. 기다리던 아기가 왔으니까. 멈춰 버린 경력에 대한 아쉬움보다 24시간 아기와 함께하는 기쁨이 더 컸다. 하루가 다르게 성장하는 아기를 보고 있노라면 매 순간이 경이로움 그 자체였다. 종일 매달리고 울어대다 제힘으로 거실 끝까지 탐험하던 날, 잡고 서기도 힘들던 아이가 한 걸음을 내딛던 날, 진심으로 경외의 박수를 보냈다. 나야 어찌 되었든 눈앞에 있는 이 작은 존재를 잘 키워 내야 한다고 스스로 설득하며 의미를 찾아갔다. 갑작스레 솟아난 책임과 사명감이 나를 움직였다. 너무 먼 미래를 걱정하기보다 아기와 함께 지금을 살자고.

　몰라도 너무 몰라 틈틈이 육아서와 아이 발달이 담긴 책을 찾아 읽었다. 『태아 성장 보고서』, 『아이의 사생활』, 『아이의 자기 조절력』 등 다큐멘터리 기반의 책을 통해 아기를 공부하기 시작했다. 발달도 이유식도 책으로 먼저 배웠다. 아기는 젖을 먹다 스르르 잠들고 그 옆에서 활자를 들여다보는 고요한 순간이 마냥 행복했다. 책장 넘기는 소리에 아기가 깰까 조마조마하면서도 새로운 것을 알아가는 기쁨에 취했다. 그때는 나에게 주어진 지상 최대의 임무를 잘 해내고 싶다는 순수한 마음뿐이었다. 모든 게 처음이라 서투르지만 진심만은 가득했던 시절, 아무리 피곤해도 내 눈은 반짝반짝 빛났다. 그런 내게 사람들은 육아 체질이냐고 물었다. 나쁘지 않다. 육아가 체질이라면 체질대로 살아 보자. 아기와 함께 꿈을 찾는 건 사치라 해도 상관없다. 열심히 사치 좀 부려 보자.

아이를 키우는 동안 관계가 재편성되고 주변에는 비슷한 또래의 아기 엄마들이 생겼다. 조리원 친구부터 아이 친구의 엄마들까지 '아기'로부터 시작된 인연이다. 어느새 아이의 일상이 내 자리를 차지하고 존재가 점점 옅어질 무렵 엄마의 삶이란 이런 것인가, 종종 회의감이 올라왔다. 이제 누구도 나에게 꿈을 묻지 않는다. 마치 누군가의 '엄마'가 되는 것으로 삶이 완성된 것처럼. 그렇게 어릴 적 일기장처럼 빛바랜 꿈을 눈앞의 아이가 묻고 있다. 네다섯 살 때부터 지금까지 지치지도 않는지.

이제 조금 살 만해진 건지 시야가 넓어졌다. 예전보다 잠도 푹 자고 여유도 생겼다. 물론 인생 선배들의 말처럼 신경 쓰이는 일은 더 많아졌다. 내 몸은 예전 같지 않고 부모는 나이 들어가고 아이들의 머리는 커지고. 때때로 삶의 위기가 찾아와 버티기 힘든 날도 만나고 아직 스스로 답하지 못한 질문도 많다. 하지만 이제 적어도 대답을 피하거나 얼버무리지는 않는다. 나에게 꿈을 묻는 이 작은 존재들 덕분에 다시 꿈꾸고 싶어졌으니까.

　꿈꾸고 그리는 대로 살아가리란 믿음으로 이제 그 물음에 하나씩
대답해 보기로 했다. 방황해도 괜찮고 빙빙 제자리를 맴돌아도 괜찮
다. 지난한 여정이 될지 몰라도 기꺼이 그 길을 가보기로 했다. 최소
한 나에게 기회를 주기로 했다. 진심이 가득 담긴 아이들의 눈망울
앞에 당당하고 싶기 때문이다. 내 마음에 쏙 드는 대답을 찾아 나도
진심으로 대답하고 싶어 오늘도 꿈을 찾아 헤맨다. '엄마의 꿈은 이
런 거구나.', '엄마는 역시, 우리 엄마답게 꿈꾸는 대로 살고 있구나.'
하고 아이들이 고개를 끄덕이는 날을 그리며.

2

스물여섯, 꿈을 그리던 어느 겨울밤

"엄마, 엄마는 어릴 때 뭐가 되고 싶었어?"

여느 날처럼 아이의 입에서 물음표가 툭 튀어나온다. 이건 난이도 '하'의 질문이다. 국민학교 시절의 나는 아이스크림 공장 사장님과 점방 주인을 부러워했다. 학교 건너편에 있는 커다란 팽나무 옆 가게에는 온갖 종류의 과자와 라면, 아이스크림이 가득했다. 아이들은 해맑은 얼굴로 손에 무언가를 쥐고 나왔다. 가게 사장님과 그 집에 사는 아이들은 얼마나 좋을까. 실컷 아이스크림도 먹고 과자도 먹고 부러울 게 없겠다고 생각했다.

초등학생 버스비가 50원 하던 시절, 하교 후 여느 아이들처럼 나도 가게로 달려갔다. 버스를 타는 대신 친구와 아이스크림을 사 먹으며 집까지 걸어가곤 했다. 한 번의 얕은 내리막을 지나 평지를 쭈욱 걷다가 오르막을 오르면 마침내 집에 도착한다. 문득 궁금해 거리를 재보니 1.6km, 초등 저학년 아이의 걸음으로 25~30분은 족히 걸린다. 그 길에서 조잘대며 먹었던 아이스크림이 몇 개나 될까. 비포장도로 구석으로 친구와 나란히 걸어가고 있으면 마을버스가 놀리듯 쌩하니 지나가곤 했지만, 후회한 적은 없었다. 오름과 방풍 나무가 보이고 하늘이 펼쳐지는 평화로운 길을 걷는 게 그저 좋았으니까. 아이스크림은 꿀맛이었고.

더 자라서는 책방과 만화방 주인을 동경했다. 나만의 공간에서 실컷 책을 읽을 수 있다니 어찌 행복하지 않겠는가. 그런 환상을 가지고 서점에서 일하다 쓰디쓴 현실을 알게 되었다. 나만의 공간을 가진 책방 주인은 흔치 않고 동네 책방이 책으로만 먹고 살 수도 없다는 걸. 달마다 빠져나가는 월세와 관리비 자체가 부담이라 매출을 올릴 궁리를 해야 한다는 걸. 월간지와 문제집도 가져다 놓고 월마다 관공서에 배달도 갔다. 중고등학교 보충수업 문제집을 확인해 준비하고 월말에는 재고를 정리했다. 재고가 쌓이면 어찌나 무거운지 몇 번을 나눠 나르느라 손에는 책장에 벤 상처가 가득했다. 책을 읽는 시간보다, 책을 정리하고 옮기는 시간이 더 많다는 걸 그전엔 몰랐다. 물론 20여 년 전의 일이니, 지금은 달라졌을지 모르지만.

점방 주인이나 책방지기는 꿈이 될 수 없는 걸까. 직업이 꿈의 모양을 대변하게 될 무렵부터 '꿈'이라는 한 글자는 더 무거워졌다. 하고 싶은 일도, 되고 싶은 것도 솔직히 말하지 못하고 가슴에 묻곤 했다. 왜 그랬을까, 의지와 상관없이 날 때부터 놓인 자리에 어떤 경계가 있었고, 나는 그 선을 넘지 않았다. 형편이 그리 좋지 않은 집 첫째 딸인 나는 아빠의 자랑이고 기대주였다. 아픈 할머니와 큰아버지를 모시는 부모의 고된 삶을 생생하게 목격했기에, 아이스크림 공장 사장이나 책방 주인보다는 조금 더 번듯한 이름을 가져야 할 것만 같았다.

부모의 유일한 바람은 내가 선생님이나 공무원이 되어 안정된 생활을 하는 것, 착실히 돈을 모아 결혼해 아이도 낳고 그저 평범하게 살아가는 것이었다. 그 바람을 너무도 잘 알고 있었기에 자체 검열하며 납득이 갈 만한 꿈의 직업을 공표하곤 했다. 책방 주인이 되어 좋아하는 책을 잔뜩 들여놓고 읽다 쓰고, 아름다운 노랫말을 쓰는 작사가도 되고 싶고, 화가와 디자이너를 가슴에 품었지만, 장래 희망 칸에는 선생님과 작가, 변호사를 돌려쓰곤 했다. 꿈, 목표, 소망처럼 미래가 담긴 단어를 접할 때마다 가슴이 답답해졌다. 언제쯤 솔직하게 내 꿈을 말할 수 있을까. 좀 가벼워질 수는 없는 걸까.

독립이다. 독립만이 답이다. 취업하고 월급을 받게 되자, 조금씩 길이 보였다. 독립선언은 부모의 그늘을 벗어나겠다는 의지이자, 동시에 더 이상 나를 속이지 않겠다는 다짐이기도 했다. 신입사원 딱지를 떼자마자 통장을 탈탈 털어 유럽 배낭여행을 다녀왔고 그 덕분에 뭐든 할 수 있다는 용기를 얻었다. 하지만 남은 돈은 50만 원. 고시원에 방 하나를 잡았다. 그래도 좋았다. 나만의 공간이 생겨서. 그곳에서 도보로 출퇴근하며 월급을 모아 보증금 500만 원에 월세 40만 원짜리 원룸 한 칸을 구했다. 나는 1층이라 말하고 남편은 반지하라고 부르는 작은 공간, 그곳에서 꿈을 키웠다.

원룸에서 조금 걸어 언덕을 넘으면 교보문고 강남점이다. 쉬는 날이면 그곳으로 달려가 책을 읽었다. 서점에서 고르고 골라 산 책을 가방에 넣고 다니다가 한두 시간의 여유가 생기면 동네를 산책하고 집 근처 카페에 들러 읽고 또 읽었다. 그리고 알게 되었다. 꿈꾸고 이루는 사람들이 이토록 많다는 것을. 나와 비슷한 형편으로, 아니 나보다 더 힘든 상황에서 시작한 사람도 결과는 다르게 만들어 갈 수 있다는 것을. 풍요와 빈곤은 무의식과 자기 믿음에서 나온다는 것을, 그러니 좌절할 필요 없다는 것을.

자기 연민을 줄이고, 너무 많이 생각하지 말고, 과거의 일에 얽매이지도 말고 그저 원하는 방향으로 나아가면 되는 것이었다. 결국 삶은 원하고 그리는 대로 되는 거니까. 일단 그려보기로 했다. 처음에는 막연했지만 이내 마음속에 자리한 꿈의 씨앗이 꿈틀거리며 무수한 질문을 만들어 냈다. 이걸 꿈이라 불러도 될까, 꿈은 번듯한 직업이어야 하는 걸까. 아니, 꼭 하나만 될 필요는 없잖아. 그렇다면 아주 작은 것이라도 적어보자. 꿈꿔보자. 두근거리는 마음으로 하고 싶은 일, 가지고 싶은 것, 이루고 싶은 일을 노트에 하나씩 써 내려가기 시작했다.

마음속에 있는 것을 말하지 못했던 나, 솔직히 말할 수 없어 눈치를 보곤 했던 나, 이제는 달라졌다. 꿈이 아직 살아 있었다. 막혔던 물꼬가 트이니 술술 흘러나온다. 생생하게 그릴 수 있다면 이룰 수 있다는 말에 괜히 설렜다. 아직은 눈앞이 뿌옇지만, 곧 안개가 걷히리라 믿고 그저 한 걸음을 내디뎠다. 밑그림을 다듬어 완성해 나가듯, 작고 소중한 나의 꿈도 조금씩 선명해졌다. 이제 무엇이든 말하고 꿈꿀 수 있다. 스물여섯이 저물어 가는 어느 겨울날에야 비로소.

3

꿈은 모르겠고, 자유인이 되고 싶어

"미영아, 너는 뭐가 되고 싶어?"

"언니, 저는 자유인이 되고 싶어요."

"왜? 지금은 자유롭지 않아?"

"네. 조금 그런 것 같아요. 새처럼 마음껏 날아다니고 싶어요."

"가난이 죄다."라는 한탄을 자라는 내내 들었던 나는, 수능 사흘 뒤부터 아르바이트를 시작했다. 한식집과 피자 가게, 서점, 초중고 과외까지 돈도 벌고 다양한 사람을 만나며 경험도 쌓았다. 피자 가게 주방에서 일하던 어느 날, 나란히 서서 빨간 소스를 바르던 왕언니가 물었다. 그때 그가 내 말에 공감했던가, 아니면 그저 웃었던가, 잘 기억나지 않는다. 다만 그 순간 나를 감쌌던 공기만은 생생히 기억한다. '자. 유. 인.' 단 세 글자를 말할 때 몸의 울림과 공기의 흐름, 어딘지 믿는 구석이 있는 듯한 다부진 마음 같은 것 말이다.

이십 대 중반까지 나는 나를 그리 좋아하지 않았다. 자기주장을 하기보다 항상 상대에게 맞추곤 했다. 알아서 배려하는 것도, 괜히 눈치 보며 작아지는 모습도 싫었다. 착하다는 말, 맏며느릿감이라는 말은 칭찬이라기보다 족쇄 같았다. 누군가가 나를 평가하는 것 자체가 싫었달까. 괜히 말다툼을 벌이기도 싫어서 그냥 웃고 넘어가는 날이 많았다. 몸이 아픈 것도, 집안의 숨 막히는 분위기도 싫었다. 어딘가에 속해 있지만 늘 이방인 같은 느낌이 들었다.

나는 아무것도 바라지 않는다.
나는 아무것도 두려워하지 않는다.
나는 자유다.

『그리스인 조르바』를 쓴 니코스 카잔차키스의 말을 참 많이도 되뇌었다. 푸시킨의 「삶이 그대를 속일지라도」라는 시도 함께. 물론 아무것도 바라지 않는다는 문장과는 달리 무언가를 채우고 싶은 욕구가 가득했고, 아무것도 두려워하지 않는다는 표현이 무색하게 세상에는 두려운 것이 가득했다. 삶이 나를 속이는 건지, 용기 없는 내가 스스로 속이는 건지 때로는 구분조차 되지 않았다. 내가 누구인지, 무엇을 잘하고 좋아하는지, 뭐가 되고 싶은지도 몰랐던 시기, 청춘의 찬란함과 막연함 사이에서 헤매며 나는 늘 자유를 갈망했다. 떠나면 괜찮아질까.

정답을 찾으려고 허우적대던 시간에 나는 주로 끼적였다. 빈 노트마다 끼적이고 그림을 그리고 편지를 썼다. 시를 쓰고 노래 가사를 적었다. 아무 생각 없이 한참을 낙서하듯 끼적이다 보면 신기하게도 가시 돋친 마음이 누그러졌다. 읽고 쓰고 하염없이 걸으며 노래하고 사진을 찍고. 나도 모르게 스스로 마음을 토닥일 수 있는 일을 하나씩 찾아갔던 것 같다. 그때의 작은 움직임은 흔들리는 청춘을 위로하고 응원해 주었다.

자유롭게 살고 싶고 떠나는 것을 꿈꾸었지만, 겉으로 보이는 일상은 개미에 더 가까웠다. 여왕개미도 아니고 일개 일개미. 잡지 속 멋진 도시의 풍경과 여행자의 삶을 꿈꾸었지만, 그저 한때의 낭만이라 치부했다. 반경 한두 시간 거리를 넘는 곳은 내 영역 밖이라 생각했다. 하지만 내 안의 나와 대화하는 시간이 차곡차곡 쌓이면서 알게 되었다. 나무 그늘에서 노래하는 베짱이를 곁눈질하던 것은 미워서가 아니라 부러워서였다는 것을, 사실 나는 부지런한 일개미가 아니라, 일개미의 탈을 쓴 베짱이에 가깝다는 것을 말이다.

일단 떠나봐야 알 것 같았다. 인턴과 신입사원 기간 1년 반 동안, 떠남을 전제로 열심히 일했다. 누군가는 열정페이라며 비웃던 소중한 월급을 차곡차곡 모아 한 달간 유럽 배낭여행을 떠났다. 여행 경비가 충분하지 않아 고생은 좀 했지만 그때만 가능한 젊음이 있었다. 위대한 건축물을 찾아 유럽 구석구석을 탐험하며 더 넓은 세상을, 조금 더 커진 나를 만났다. 돌아오는 길에 결심했다. 더 많은 곳을 여행하겠다고. 지금을 살지만 멀리 보며 하나씩 준비하겠다고. 그때부터 일개미는 좋아하는 일을 하면서 읽고 쓰고 노래하는 삶 속으로 움직인다. 현실에서 상상과 창조의 세계를 바지런히 오가며 하나씩 방법을 찾아간다.

가만히 생각해 보면 자유가 없는 것도 아닌데 스스로 작아졌다. 그저 나 하나 잘 챙기면 되는데 그땐 뭐가 그리도 눈에 밟혀 망설였던 걸까. 나를 옭아매는 것들을 지나치게 의식할 필요는 없었다. 떠나고 싶을 때 떠나고, 다시 돌아오면 되는 거였다. 그저 마음이 흐르는 대로 흘러가면 되는 거였다. 그리고 알아 버렸다. 꿈꾸는 자유에는 한계가 없다는 것을. 한계를 만드는 건 오직 나뿐이라는 사실을 말이다.

여전히 나는 내가 누구인지 잘 모른다. 하지만 꿈꾸는 시간 덕분에 이제 조금은 알 것 같다. 무한한 자유를 꿈꾸지만, 사실 이곳을 벗어나고 싶은 마음은 없다. 나는 오직 두 발을 현실에 디디고 이룰 수 있는 자유만을 꿈꾼다. 지금 여기에서 나의 두 팔로 품어 안을 수 있을 만큼의 자유를 꿈꾼다. 크고 작은 삶의 과제로부터 도망치지 않고 정면 승부를 겨룰 수 있는 단단하고 유연한 자유를 말이다. 그러니까 꿈은 모르겠고, 자유인이 되고 싶다. 순수한 마음으로 꿈꾸고 용기 내 이룰 수 있는 자유, 마음이 이끄는 대로 살아갈 자유를 꿈꾼다. 그 마음으로 일단 오늘만 제대로 살아 보자. 그럼 내일도 잘살게 될 테니.

반업주부, 자본주의에서 살아남기

"그런데, 일은 하세요?"

낯선 동네로 이사를 했다. 아이들이 어린이집에 적응했을 무렵 만나는 사람마다 툭툭 던지는 질문에 괜히 마음이 쓰였다. 건축설계라는 첫 번째 경력은 멈췄고, 두 번째 업으로 영어 그림책 수업을 시작한 지 얼마 되지 않았을 때다. 집안일도 일이고, 아이를 돌보는 것도 일인데, 일하지 않는 엄마도 있나? 이상하고 아리송했다. 질문의 요지는 돈을 버느냐, 따박따박 월급을 받느냐는 거다. 그렇다면 답은 '예' 또는 '아니오'다. 수강료로 돈을 버는 건 맞고, 일정한 금액이 월급처럼 들어오는 건 아니다. 수업을 준비하고 틈틈이 글을 쓰고 엄마들과 영어 그림책을 읽고 도서관에서 봉사도 했지만, 누군가는 그냥 '팔자 좋게 노는 엄마'로 바라보곤 했다.

나 역시 모름지기 '일'이라면 번듯하게 정의 내릴 수 있어야 한다고 생각했나 보다. 일을 한다고 자신 있게 말하기엔 너무 소소해 보여 제대로 입장 정리를 하지 못한 상태였다. 조금씩 하고 있다고 대답하면 조금 해서 얼마나 벌겠냐고, 아이 키우는 게 돈 버는 거라고 비아냥거린다. 아이들과 함께 있다고 하면 요즘 물가에 외벌이로는 못산다, 아직 젊은데 집에서 노는 게 말이 되냐고 핀잔한다. '뭐, 어쩌라고요. 제 팔자거든요. 너나 잘하세요.' 속으로는 이렇게 말하면서도 내심 불안하고 초조했다. 나, 다시 사회로 돌아갈 수 있을까.

어느 날 지인이 부탁한 설문조사를 하려고 직업란을 보는데, 적당한 칸이 없다. 전업주부? 나 전업주부 아닌데. 강사? 강사로 퉁 치는 건 싫어. 자영업? 1인 기업이라지만 이건 너무 거대해 보여. 프리랜서는 어때? 그래 이게 낫겠네. 아, 그런데 프리랜서는 항목에 없다. 빈칸이라도 있다면 적어놓을 텐데. 대충 아무거나 찍고 넘어갈 수도 있지만 어김없이 다가오는 현실 자각의 순간, 고민에 빠지고 만다. 그러게, 내 직업은 뭐지? 난감하다 난감해.

단어가 주는 무게감이 있다. '전업주부'라면 모름지기 육아도 가사도 척척 해내야 할 것만 같고 '워킹맘'이라면 회사에서 승승장구하며 경력을 쌓아가야 할 것 같다. 그런데 이게 뭔가, 지금 나는 아이를 잘 키우는 것도 살림을 제대로 하는 것도 아니다. 멈춤 상태인 8년짜리 경력도 미미해 보인다. 마음의 여유가 있을 때는 이만하면 괜찮다고 생각하지만, 자존감이 바닥까지 떨어지는 날에는 한없이 초라해졌다. 경력이 멈췄고, 주부지만 전업주부는 아니고, 강의로 돈을 벌지만 일정하지 않고, 돈 버는 일만 하는 것이 아닌, 뭐라 정의 내리지 못하는 내 상태가 어중간해 영 마음에 들지 않았다. 그러던 어느 날 책에서 만난 문장에 마음이 환해졌다.

누군가는 전업맘을 일컬어 '경력 단절' 여성이라 부른다. 그러나 이 말은 옳지 않다. 단절이 아닌 '경력 이동'이 맞는 말이다. 사실상 전업맘과 워킹맘은 경계가 없다. … 장소와 환경의 차이만 있을 뿐 여자의 경력은 지속적으로 집과 일터 사이를 오가고 있다.

– 김미경, 『꿈이 있는 아내는 늙지 않는다』 중에서 –

가슴이 뛰었다. 그렇다, 나의 경력은 이동하고 변화하는 중이다. 전업맘과 워킹맘은 반대말이 아니니 편 가르고 다툴 일도 아니다. 내가 결혼하기도 전에 발행된 이 책을 기점으로 '경력 단절'에서 '경력 이동', '경력 보유 여성'이라는 말이 나왔고, 나는 초심으로 돌아가 당연해 보이는 것에 질문을 던지기 시작했다. 그리고 깨달았다. 전업주부와 워킹맘이라는 두 단어 사이에 무수한 형태의 삶이 있다는 것을. 엄마들은 가족의 생애주기에 따라 필연적으로 여기에서 저기로 왔다 갔다 움직이고 있었다. 하나만 선택해 몰입하기는 쉽지 않다. 왜냐하면 나는 엄마니까, 엄마의 역할을 기쁘게 받아들이기로 했으니까. 상황에 맞게 유연하게 선택하고 그 선택을 옳은 것으로 만들어 가면 된다. 그래서 선택했다. '반업주부'라는 장르를 개척하기로. 살림과 육아의 절반을 해내고 일도 절반은 할 거라고. 아이를 키우는 시간에, 나도 키우겠다고.

합리적으로 보이지만 어쩌면 비겁한 선택으로 보일지도 모른다. 일도 살림도 적당히 하고 싶은 핑계 같기도 하니까. 하루에 두세 시간 일하고 월 천만 원 버는 이야기가 넘치고 애 키우면서 둘 다 잘하는 사람도 얼마나 많은데 '요즘 엄마'들은 편하게만 살려 한다, 엄살이 심하다고 말한다. 그래, 그게 엄살이라면 엄살 맞다. 나는 여러 가지 일을 척척 해내지 못한다. 하려면 하나라도 제대로 해야 하고 어중간한 상태에선 괴로움만 커진다. 그렇기에 '반업주부'는 두 영역에서 절반의 자부심이라도 챙기며 살아가고 싶다는 뜻이기도 하다.

자본주의에서 적응하고 살아남기, 이것이 1인 사업자를 낼 때의 마음이었다. 사업 이전에 스스로 살아남을 수 있다는 걸 증명하고 싶었다. 달마다 나를 위한 책값과 강의료가 만만치 않은데, 최소한 이 것만큼은 감당하고 싶었다. 그래서 성공했냐고? 아니, 마이너스였 다. 첫 1인 사업자인 영어 공부방을 코로나 팬데믹과 함께 조용히 폐 업하고 몇 해 뒤, 연구소 지부를 맡아 다시 사업자를 냈다. 책을 읽고 글을 쓰고 그림책 심리학 강의를 하고, 배움과 나눔을 반복하며 아주 작고 단단한 눈 뭉치를 만들었다. 그리고 살살 굴리는 중이다. 원하 는 방향으로 구르다 조금씩 커지는 모습을 그리며.

심리학자 칼 융의 말처럼 우리는 결코 완벽하거나 완전할 수 없다. 대신 온전해질 수는 있다. 나는 그 부드럽고 단단한 온전함을 꿈꾼 다. 균형 잡힌 나를 꿈꾼다. '겨우 반업'이 아니다. '반업씩이나' 된다. 컵에 물이 반이나 차 있나 반밖에 없나. 그것은 보는 관점에 따라 다 르다. 나는 컵이 있다는 것 자체로 좋은 사람이고 내게 놓인 두 개의 컵 절반을 '적당히'가 아니라 '좋은 때'에 '적절히' 잘 채우고 싶을 뿐이 다. 그런 믿음으로 지금 여기에서 다시 한 걸음을 떼어 본다.

애쓰고 글 쓰고, 글로 소득을 꿈꾸다

처음부터 의도한 것은 아니었지만 읽고 쓰는 일상이 제법 길어졌다. 일기로 시작한 글이 책 쓰기까지 이어질 줄 누가 알았을까. 시시콜콜한 사건과 그때의 감정에 대해 미주알고주알 털어놓으며 하소연하는 대상, 나에게 그것은 백지다. 사실 기쁘고 즐거운 날은 그 자체로 충분하다. 그러다 종종 아무것도 손에 잡히지 않는 날이 찾아온다. 동굴 속에 쭈그리고 앉아 쪼그라든 마음을 어떻게든 펴보려 하지만 손쓸 수 없는 그 순간, 글쓰기는 더욱 빛을 발한다. 마치 어릴 적 '상처엔 빨간약'처럼 위안이 되는 존재이다. 외상엔 빨간약, 내상엔 글쓰기가 최고다.

언제부터 글을 썼나, 생각해 보니 아주 오래전에 시작한 일이다.

작은 노트에 일기를 썼고 친구들에게 편지를 썼다. 남은 시간을 헤아리지 않아도 될 만큼 시간이 천천히 흘렀던 시절엔 늘 무언가를 썼다. 쓰는 일은 마치 놀이 같았다. 자잘한 일상에 나름대로 의미를 찾으며 적어 내려가는 순간이 좋았다. 쓰는 나도 좋지만, 가장 기쁜 순간은 답장을 읽을 때다. 편지와 교환 일기에 꾹꾹 눌러 나의 이야기를 담으면, 너의 이야기가 돌아왔다. 빼곡히 내려앉은 글자를 읽으면 마음이 켜켜이 채워진다. 글로 하는 소통의 재미를 그때 알았다.

학창 시절이 지나며 그 재미도 시들해졌고 가끔 일기만 썼다. 다시 쓰는 일에 빠진 것은 첫째 아이가 돌이 막 지났을 무렵이었다. 블로그에 비공개로 단 두 줄이 적혀 있다. '마음이 우울하다. 아무것도 하고 싶지 않다.' 그날 무슨 일이 있었나 보다. 구체적으로 적어 놓았더라면 짐작이라도 할 텐데 아쉽기만 하다. 그저 답답한 마음을 토로하고 싶었지만 딱히 답은 없다 싶은 마음에 말을 삼켰을 것이다. 오직 쓰는 것만이 답이었을지 모를 그 순간, 최선을 다해 적었을 단 두 줄의 기록이 애잔하게 다가온다.

그때 난 세상에서 가장 위대한 일을 하고 있다며 스스로 설득했다. 어렵게 찾아온 아이라 그럴 만했다. 하지만 날이 갈수록 지쳐갔다. 날마다 아이와 씨름하고, 남편은 야근 철야, 출장에 얼굴 보기도 힘들었다. 양가 부모님은 멀리 계시고 낯선 동네에는 아는 이웃도 없다. 유일하게 말을 튼 동네 친구와 겨우 약속을 만들면, 서로의 아기가 아파서, 미세먼지 농도가 높아서, 여러 가지 이유로 번번이 깨지기 일쑤였다. 만나서 말이라도 했으면 후련했을까. 나는 도돌이표 같은 일상을 안간힘 쓰며 지키고 있는데, 그 정도는 누구나 하는 거라고 했다. 공들인 시간과 노력을 아무도 알아주지 않을 때마다 내 마음은 씁쓸했고 아기만큼 작아졌다.

어떻게든 마음을 가다듬어야 했다. 유아차를 끌고 산책로를 빙빙 돌다가 아기가 잠들면 벤치에 멍하니 앉아있었다. 잠든 아기를 보고 있으면 그저 흐뭇했다. 햇살 아래 평온한 순간도 잠시, 이내 서럽고 화도 났다. 바람은 시원하고 마음은 허전하고. 대체 이건 무슨 마음일까? 그때부터 읽는 시간에 쓰는 시간이 더해졌다. 다이어리가 다시 바빠졌고, 블로그는 비공개 일기로 채워지기 시작했다. 아무리 짧은 시간이어도, 몇 줄 되지 않아도 나의 의지로 매 순간을 차곡차곡 기록하며 나를 깨웠다. 슬프고 아픈 날에도 평범한 날에도 그저 썼고, 그래서 살았다.

그날이 그날 같아 보이는 소소한 순간을 기록하니 일상이 달리 보였다. 마음의 위안도 얻었다. 글쓰기가 가진 수많은 장점이 있지만,

그중에 나는 '치유의 힘'을 첫 번째로 꼽고 싶다. 누군가에게 기대지 않아도 스스로 치유할 수 있는 커다란 힘을 가지고 있다고, 쓰는 시간이 알려 주었다. 어제의 나를 안아 주고 오늘의 나를 응원하고 내일의 나에게 충고와 조언 따위 하지 않고 가만히 믿고 지켜봐 주는 단 한 사람, 단 하나의 도구, 나에게 그것은 '글쓰기'다.

글쓰기로 치유 받은 만큼 그 매력을 온 천하에 알리고 싶다. 만일 모두에게 닿을 수 없어 대상을 선택해야만 한다면, 그들은 청소년과 엄마다. 나는 누구인지, 왜 이렇게 생겨 먹었는지, 앞으로 어떤 모습으로 살아가야 할 것인지 막연한 어린 날의 나와 닮은 누군가에게 닿고 싶다. 그리고 엄마들, 아이를 키우며 나를 잃어버렸다고 자책하는 그들에게 글쓰기의 치유적 경험을 전하고 싶다. 한 마디의 응원과 격려가 필요한 날에 마음으로 가까이 다가가고 싶다. 언제나처럼 당신은 괜찮고 충분히 잘하고 있다고. 그러니 한 걸음만 즐겁게 나아가자고. 꼭 안아 주고 응원하고 싶다.

문득 돌아보니 마흔이 훌쩍 넘어 버렸다. 경제적 정서적으로 여유롭게 살 거란 기대와 달리 삶은 여전히 쉼 없이 흔들린다. 딱히 이룬 것도 없어 보이고 몸도 예전 같지 않다. 여기저기서 부고 소식이 들려오고 아이들은 머리가 커졌다고 자기만의 논리를 펼치며 엄마 속을 긁기 시작했다. 자연스레 어떤 날은 덩그러니, 나의 존재에 의문을 던지게 된다. 그런 날 가만히 당신의 마음을 종이에 털어놓으면 어떨까. 말하기도 부끄럽고, 말해 봤자 좋은 소리 듣기 힘든 자잘한 일들을, 그 마음을, 한번 끼적여 보자. 그 시간만큼은 내 편이 되어 줄 테니까.

 아이를 키우며 30대 후반에 이르러서야 글쓰기가 가진 치유의 능력을 몸소 체험했다. 해보니 이만한 일이 없다. 종이와 연필, 스마트폰 하나면 충분하다. 읽다 보니 쓰게 되고 쓰다 보니 더 잘 쓰고 싶다. 문득 생각한다. 나의 이야기와 책, 노래와 그림이 누군가의 마음에 닿으면 어떨까. 가만히 다가가 작은 위로를 전할 수 있다면 좋겠다. 더 나아가 평생 읽고 쓰며 '글로 소득'으로 먹고 사는 꿈을 꾼다. 그 바람으로 나는 애를 쓰고 글을 쓴다. 어제도 오늘도 내일도.

6

나에게 정원이 있다면

　가까운 지인들은 나를 감성적이고 감각적인 사람이라고 말한다. 유년 시절을 자연에서 보낸 덕분이다. 자연스레 마당이 넓은 집에서 나만의 공간을 가꾸는 꿈을 꾸곤 했다. 케빈 헹크스의 그림책 『나에게 정원이 있다면』 속에는 사랑스러운 아이가 나온다. 지금은 엄마의 정원일을 돕고 있지만 언젠가 나만의 정원을 가꾸고 싶은 아이다. 엄마에게는 아직 비밀이라, 소곤소곤 이야기를 들려준다. 그곳에는 아이가 원하는 색의 꽃이 핀다. 조가비를 심으면 조가비가, 알사탕을 심으면 알사탕 나무가 자란다. 때로는 단추와 우산처럼 쓸모 있는 물건이 돋아나고, 새와 나비가 즐거이 날아드는 상상의 정원, 이곳을 바라보는 독자는 행복하다.

페이지를 넘길 때마다 아이들의 얼굴은 점점 환해진다. "저는 로봇이 열리는 나무를 키울 거예요!", "제 나무에는 색색의 물감이 열려요!" 저마다 좋아하는 것을 떠올리며 목소리를 높인다. 그 순간만큼은 누구보다 행복하다. 어른들은 내내 미소 짓다가 "아, 나도 저런 시절이 있었는데…. 정원 관리는 누가 해."라며 옅은 한숨을 내쉰다. 그 모습을 지켜보며 가만히 떠올려 본다. 우리 엄마의 정원과 나의 상상 속 정원을.

나는 제주에서 나고 자랐다. 제주의 전통 가옥에는 '우영'이라는 공간이 있다. 채소를 기르는 텃밭을 말한다. 집마다 경계를 만드는 울담이 있고 그 안에 안거리(안채)와 밖거리(바깥채)가 자리한다. 두 채의 집을 먼저 앉히고 남은 공간에 우영을 만든다. 친정집에는 안채 뒤쪽에 우영이 있는데, 텃밭치고는 제법 커서 '우영밭'이라고 부른다. 귤나무와 감나무, 무화과나무가 해마다 열매를 나누어 주고, 배추와 대파, 부추와 깻잎, 고추와 호박이 자란다. 친정에 갈 때마다 커피 한 잔을 들고 우영으로 나가면 기분이 좋아진다. 가만히 심호흡하며 눈을 뜨면 빨래가 보송보송 마르는 풍경이 눈에 들어오고 저 멀리 시선을 돌리면 하늘길을 부지런히 오가는 비행기가 보인다.

우영에서 안채 옆벽을 따라가면 마당 한편에 엄마의 정원이 있다.

주인이 사라신 소라 껍데기와 뚝배기 그릇을 제집 삼아 다육식물이 뿌리를 내렸다. 그들에게도 저마다 이름이 있을 텐데 미안하게도 몇 해를 보고 물어도 잊어버린다. 그 옆으로 구절초가 한가득 피어 있고 금귤나무가 뒤를 든든히 받쳐 준다. 우영은 식재료가 있는 공간이기에 생활의 의미가 크지만, 정원은 잠시 쉬어가는 공간이다. 이곳을 가꾸는 순간에 엄마는 아마도, 작은 위안을 얻었으리라.

내게도 그런 텃밭과 정원이 있다면 좋겠다. 자연과 함께하는 나만의 공간을 가지고 싶다. 자연스레 매해 친정에 갈 때마다 바다와 한라산을 동시에 조망할 수 있는 곳에서 내일을 그려 보곤 했다. 두근두근 가슴이 뛰었다. 바닷가보다 중산간이 나을 것 같아. 그렇다면 동쪽이 나을까 서쪽이 나을까? 아무래도 익숙한 곳이 좋겠어. 공항에서 너무 멀지 않고 친정과도 가까운 곳. 이렇게 남편과 주거니 받거니 미래를 나눈 것도 벌써 10년이 훌쩍 넘었다. 우리의 대화가 아직도 처음과 다르지 않은 걸 보면 그리 절실하지 않은가 보다. 그래도 '지금'이라고 마음이 말할 때 일을 벌이고 싶어 생생하게 꿈을 꾼다. 품고 있으면 좋은 때에 이루어지니까.

저마다 자기만의 공간을 꿈꾸고 연대를 꿈꾼다. 망설이고 길을 헤매기도 하지만 결국 나만의 특기와 업을 살려 꿈을 실현하는 모습을 보기도 한다. 한 지인은 야트막한 산 아래에 자리를 잡아 꿈에 그리던 공간에서 치유 프로그램을 운영한다. 서로의 강점을 살려 협업하고 그림책과 심리, 상담, 원예, 커피, 미술과 음악 등 다양한 분야로 연결하고 뻗어나간다. 그렇게 하나씩 꿈을 이뤄 가는 모습을 보면 덩달아 신이 나고 나도 꿈에 한 걸음 더 가까워진다.

말하는 대로 이뤄지니 진정 마음이 원하는 대로 그리고 꿈꾼다. 나에게 자연을 누릴 수 있는 공간이 있다면 좋겠다. 그곳에 책과 정원과 다정한 사람들이 있다면 좋겠다. 사계절의 변화와 자연의 흐름을 고스란히 느낄 수 있는 곳, 지친 어느 날 마음이 쉬어갈 수 있는 편안한 공간이면 좋겠다. 그곳에서 책을 읽고 글을 쓰고, 노래를 짓고 그림을 그리는 꿈을 꾼다. 마당과 옥상에는 콩이며 팥이며 곡식을 널어 말리고, 신기한 듯 만지작거리는 아이들의 웃음소리가 가득하다. 삼삼오오 모여 텃밭에서 딴 싱싱한 쪽파와 대파를 넣어 파전을 부치며 콧노래를 부르는 꿈을 꾼다.

마음이 원하는 대로 움직여도 한없이 자유롭고 거리낌 없는 공간을 꿈꾼다. 너와 내가 꿈꾸는 일을 시도해 볼 수 있는 실험적인 공간이면 좋겠다. 그 과정에서 마음이 자라고 함께 성장하는 기쁨을 누릴 수 있다면 좋겠다. 그렇게 놀아도 되겠냐고? 그 시간에 돈은 어떻게 하냐고? 걱정하지 않아도 된다. 매달 제때 들어오는 저작권료가 있으니까. 돈나무가 자라고 있으니까. 돈 걱정은 나중으로 하고 의미와 가치를 중심에 놓고 나아가는 꿈을 꾼다.

"미영아, 너는 이미 충분해. 시간이 해결해 줄 거야."

가끔 배움과 현장의 문턱에서 안개가 자욱하게 피어올라 막연해질 때면 언니들이 다가와 토닥인다. 어느새 정원을 생각하면 관리의 번거로움이 먼저 떠오르는 어른이 되었지만, 항상 마음속에 자연과 정원을 품고 산다. 그곳에서 읽고 쓰고 마음을 나누고, 꿈쟁이들과 연대하는 꿈을 꾼다. 따듯한 공간에서 치유 공동체를 만드는 날, 그날까지 나는 나에게 시간을 선물하기로 했다. 시간이 해결해 준다니 나는 그저 매 순간을 사랑하며 살아가야지. 일단 마음껏 꿈꾸고 그리며 마음의 정원을 가꾸는 일부터 시작해야겠다.

7

마음의 주인으로, 꿈꾸는 할머니로

"엄마, 지금 뭐 하고 싶어요?"

"뭐 드시고 싶은 건? 어디 가고 싶은 곳이나 만나고 싶은 사람 있어요?"

궁금했다. 우리 엄마의 꿈은 뭘까? 엄마가 이러나저러나 팔자대로 사는 거라며 인생무상을 논할 때, 나는 도리어 꿈을 묻곤 했다. '꿈'이라는 단어는 너무 무거울지 모르니까, 표현을 조금 바꿔서. 그때마다 엄마는 그저 쉬고 싶다고 말했다. 반복되는 일상을 너무도 충실히 사느라 지쳐서일까, 그녀가 지금 원하는 것은 단지 '쉬는 일' 하나다.

노년에 꿈을 찾아 나선 할머니들을 볼 때마다 엄마가 생각났다. 칠순, 팔순이 넘어 자기만의 그림을 그리거나 글을 쓰는 사람들. 그 모습에 존경을 보내다가 엄마의 대답이 생각나 속상한 적도 있다. 하지만 다소 무기력한 대답과 달리, 엄마는 재미난 일상을 사는 것 같다. 일일 드라마와 토크쇼를 소재로 한바탕 토론을 벌이고, 일이 끝나면 바지런히 밭을 가꾸고 정기적으로 지인과 맛있는 음식도 먹고 노래방도 간다. 이럴 줄 알았다. 걱정하지 않아도 엄마는 알아서 한다. 내 인생이나 잘 꾸려야지.

언제부터인가 꿈꾸는 순간마다 사람들이 눈에 밟힌다. 나의 꿈, 남편과 아이들의 꿈, 부모님과 친구들의 꿈, 씨앗과 나무의 꿈, 더불어 세상 만물의 꿈을 생각한다. 뭐 그리 멀리까지 가냐고 물을지도 모르지만 우리는 다 연결되어 있으니 세상 모든 생명의 꿈이 소중하다. 모두가 꿈을 꾸고 꿈이 이루어지려면 누군가의 꿈과 맞닿아야 하니까. 좋은 사람들과 함께하고 싶다는 꿈이 있다면 내가 먼저 그런 사람이 되어 비슷한 사람과 공명해야 하는 것이다. 그 진리를 깨달았을 때부터 내 삶은 완전히 달라졌다. 주어진 삶에 더 자주 감사하며 멀리 보게 되었달까.

날마다 읽고 쓰고 산책하며 원하는 삶의 모습을 생각했다. 원하는 시간과 장소에서 원하는 방식으로 좋아하는 일을 하고, 사랑하는 사람들과 함께 살아가는 것, 아이들이 자라는 모습을 곁에서 지켜보고 함께 꿈을 찾아 키워가는 것. 육아와 경력 사이에서 꼬물꼬물 움직이더라도, 만족스러운 작은 순간을 하나씩 만들고 싶었다. 처음에는 그저 막연했다. 하지만 방향을 바꾸어 한 걸음을 떼어보니 가능해졌다. 한 걸음은 또 다른 걸음을 걷게 하고 그 걸음이 길을 만들었다. 그 길에서 꿈꾸는 사람들을 마주치고 조금 더 나은 나를 만나기도 했다.

가끔 내가 세상에 온 이유를 생각한다. 나의 사명 같은 것 말이다. 그저 태어나고 살아가는 것만으로도 충분하지만, 삶의 의미가 있다면 더 잘 살 수 있지 않을까? 의미치료를 만든 빅터 프랭클 박사는 이렇게 말했다. 어떤 상황에서도 삶의 의미를 찾을 수 있다면 살아갈 수 있다고. 죽음의 수용소에서 돼지가 되느냐 사람이 되느냐는 선택에 달렸다고. 아무리 삶을 포기하고 싶은 순간에도 자유 의지는 있지 않냐고 말이다. 그렇게 내 삶의 의미와 사명을 찾으려 애썼고 결국 찾았다. 그것은 지금 여기를 살아가며 더 나은 세상을 위해 기여하는 것이다.

자주 그리고 많이 웃는 것
현명한 이에게 존경을 받고
아이들에게서 사랑을 받는 것
……

아름다움을 식별할 줄 알며
다른 사람에게서 최선의 것을 발견하는 것

건강한 아이를 낳든
한 뙈기의 정원을 가꾸든
사회 환경을 개선하든
세상을 조금이라도 더 나은 곳으로 만들고 떠나는 것
……
이것이 진정한 성공이다.

– 랄프 왈도 에머슨, 「성공이란 무엇인가?」 –

이 시에 담긴 문구처럼 세상을 조금 더 나은 곳으로 만드는 것이 나의 꿈이다. 그렇다면 무엇을 해야 할까? 그 답은 먼저 '더 나은 세상을 꿈꾸는 것'이라 믿는다. 동시에 지금 여기에서 할 수 있는 일을 하나씩 해 나가는 것이라 믿는다. 그 마음으로 아이들과 자주 많이 웃고 있는 힘껏 사랑할 것이다. 세상 만물의 아름다움을 담아내고 사랑하는 이들에게서 최선의 모습을 발견할 것이다. 마음을 움직이고 마음에 거리낌이 없는 옳은 일을 하며 더 나은 세상을 위해 한 줌의 노력을 보탤 것이다.

두 아이를 키우며 꿈을 찾아 고군분투했던 과정 덕분에 나를 바닥까지 알 수 있었다. 저 멀리 북극성처럼 단단하게 자리하고 있는 이상을 좇으며 동시에 '지금 여기' 눈앞의 일을 고민했기에 가치 있는 일을 찾아갈 수 있었다. 글 쓰고 강의하고 집안을 가꾸고 반려동물을 챙기며 시간을 다투지만, 덕분에 주어진 시간을 귀하게 여길 수 있었다. 삶의 주도권을 놓지 않고 방향을 조금 바꾼 덕분이다. 이건 불가능하거나 비현실적인 일이 아니다. 세상은 꿈꾸는 사람들 덕분에 여기까지 왔고 꿈꾸는 사람만이 멀리 보며 지금을 살아갈 수 있으니까.

나는 계속 꿈꾸는 엄마로 살아갈 것이다. 짬짬이 마음에 밥을 주고 쉼을 허락하며 마음의 평화를 찾아갈 것이다. 꿈꾸는 할머니가 되어 삶이 끝나는 날까지 즐겁게 읽고 쓰며 마음을 나누고 싶다. 구석구석 나만의 우주를 여행하며 바로 선 한 사람이 되고 싶다. 그렇게 바로 선 꿈쟁이들과 함께 웃고, 그 웃음이 멀리 퍼져 조금 더 나은 세상을 만났으면 좋겠다. 이렇게 생활밀착형 이상주의자는 오늘도 꿈을 꾼다. 삶의 주인으로 온전히 바로 선 내가 되기를. 마음의 평화를 찾기를. 마음의 주인이 되기를.

Chapter 2

경력 단절
삼 남매 엄마의
다시 찾은 꿈

안유정

1

내 꿈은 탤런트였어

"엄마의 꿈은 너희가 건강하게 잘 자라 주는 거야."

어느 날 내 꿈을 묻는 초등학교 4학년 아들에게 에둘러 말했지만, 사실 영혼 없는 대답이었다. 작가가 되어 사람들에게 공감과 힘이 되는 글을 쓰는 게 목표라고 말하고 싶었지만, 뜬구름 같은 얘기였다. 올해로 11년 동안 삼 남매를 낳고 기르는 전업주부로서 새로운 것에 도전할 여유도 자신감도 없었기 때문이다. 대신 어렸을 적 꿈을 말하며 아들의 질문을 돌렸다.

초등학생일 때 내 꿈은 탤런트였다. 텔레비전에 나오는 예쁜 연예인들은 그저 선망의 대상이었다. 그 당시 안방 문을 잠그고 거울 앞에 앉아서 눈물연기도 했다. 막연히 배우가 되겠다는 꿈을 안고 어느

넷 중학생이 됐다. 꿈 앓이를 하는 내게 두 살 많은 오빠는 114에 전화해서 탤런트 학원 전화번호부터 알아내라고 했다. 그렇게 전화번호 안내원에게 학원 연락처를 얻어낸 건 꿈에 대한 첫 도전이었다. 그리고 연기학원 오디션에 앞서 대본을 받으러 갔다.

받아온 대본을 냉장고에 붙여 놓고 달달 외웠다. '난 공부가 싫어요!'라고 시작하는 A4용지 대여섯 줄 분량의 글이었다. 감정연기를 한다며 아버지 앞에서 고래고래 악쓰며 대사를 내뱉던 게 기억난다. 연예인 등용문이라 생각했던 그 오디션에 합격만 하면 마치 인생이 180도 달라질 것 같았다. 일약 스타가 되어 집안을 일으킬 상상까지 하며 연습하는 내내 가슴이 뛰었다.

드디어 오디션 날이었다. 아버지는 꿈 많은 여중생 세 명을 차에 태우고 여의도의 한 연기학원으로 향했다. 학교 친구 두 명도 연기자가 되겠다며 합류해서였다. 그리고 그곳에서 처음으로 지원서라는 종이의 빈칸을 채워 나갔다. 이름, 나이, 학교, 주소 등을 쭉 써 내려가다가 덜컥 막히는 문항이 나왔다. '아버지 직업'을 쓰는 칸이었다. 손에 쥔 펜 끝은 그 질문에서 맴돌았다. 순간 언젠가 오빠가 해 줬던 말이 머리를 스쳤다. "아버지 일은 요즘 뜨는 사업이야. 당당히 생각해." 그 말에 힘입어 큼지막하게 적어 내고 나왔다. '다단계'라고.

연기학원에 온 아이들은 뉘 집 자식인지 부티가 잘잘 흘렀다. 다채로운 지원자들 사이에 나만 흑백 같았다. 같은 꿈을 가지고 모인 우리는 대사를 중얼거리며 대기했고, 내 차례가 다가와 오디션장으로 들어갔다. 높은 삼각대에 올려진 방송용 카메라와 눈부신 조명을 본후, 그때부턴 내 심장 소리만 귀에 들리기 시작했다. 지원자 다섯 명은 낮은 단상 위에 올라가 심사위원들과 구경하는 관객들 앞에 일렬로 섰다. 대사를 우렁차게 치는 남학생, 무대 밖까지 나가며 온몸으로 연기를 하는 여학생은 두 주먹을 불끈 쥐게 했다. 이제 내 순서였다. 한 달간 머리에 못이 박히도록 입력한 대사는 한 번에 입으로 출력되듯 나오며 끝났다. 짧고 허무했다.

그날 발표된 합격자 명단에 내 이름은 없었다. 생애 첫 불합격을 맛보니 온몸이 바람 빠진 풍선처럼 흐물거렸다. 할 말을 잃은 세 소녀는 차 창밖만 바라보며 집으로 돌아갔다. 과연 합격은 연기력 순이었을까? 아버지 직업 순이었을까?

몇 주 뒤 우편함 속의 편지 한 통은 다시 꿈을 부풀어 오르게 했다. 합격통지서였다. 함께 고배를 마신 친구들에게 미안해서 말도 못 했는데 알고 보니 불합격자 모두에게 전송된 패자부활전 식의 편지였다. 하지만 비싼 학원비를 보고 종이를 그대로 접었다. 그때 꿈도 함께 접었다.

얼마 전 집 정리를 하다가 긴 원통형의 졸업장 보관함을 발견했다. 빨간 벨벳에 노란 자수로 '축 졸업'이라고 세로 글이 쓰여있었고, 그 안엔 내 국민학교 생활통지표 뭉텅이가 돌돌 말려있었다. 초등학생 두 아들을 불러 "엄마는 초딩 때 이랬대." 하며 같이 봤다. 어렸을 땐 통지표를 받아서 그대로 부모님에게 전달했기에 생활기록부를 유심히 보는 건 그때가 처음이었다. 대부분 담임은 '온순하고 착실하나 매우 내성적임', '부끄러움이 많고 자기표현이 적지만 하려고 애씀' 등 두세 줄의 글로 내 일 년 치 모습을 평가했다.

그중에 3학년 담임이 쓴 종합의견을 보고 나는 눈썹을 치켜올렸다. '조용하고 얌전하기만 함' 그게 다였다. 에스프레소처럼 농축된 그 글은 지금 봐도 쓴맛이었다. 물 좀 타서 아메리카노로 만들어 주지 선생님도 참 매정하단 생각이 들었다. 하지만 정곡을 찌르는 한 줄 평이라 인정할 수밖에 없었다. 집에서도 내 별명은 '꿔다 놓은 보릿자루'였으니 말이다. 그런 아이가 탤런트 오디션 시험을 봤다니, 그건 도전이 아니라 도발에 가까웠다. 온탕과 냉탕을 넘나드는 내 정체성에 고개를 갸우뚱했다. 아마 그 당시 무의식적으로 내게 부족했던 외향성을 채우고자 탤런트라는 직업을 동경하며 그들의 적극적인 모습을 닮고 싶어 했던 것 같다.

나를 닮았는지 두 아들은 학교에선 내성적이지만 집에서는 먹방 유튜버가 되겠다며 음식 먹는 모습을 자주 녹화했다. 그럴 때마다 공부나 하라고 윽박질렀고, 태블릿 PC에 용량이 부족하다는 이유로 녹화영상들을 삭제하며 꿈을 뭉개 버렸다. 만약 예전에 아버지가 탤런트라는 꿈을 반대했다면 나는 어땠을까. 아마 모험을 두려워하는 성격으로 자랐을 수도 있다. 그 당시 아버지는 내게 도전할 수 있는 용기와 불합격이라는, 입에 쓴 약은 몸에 좋다는 '경험'을 선물해 주었다.

아이가 무심코 던진 꿈에 대한 물음은 나를 되돌아보게 했다. 어린 시절 당찼던 나는 지금 무기력한 내게 다시 꿈을 찾으라는 메시지를 건넸고, 그 질문은 엄마와 아이들의 꿈에 숨을 불어넣었다. 작가가 되겠다는 내 꿈과 유튜버가 되겠다는 아들들의 꿈은 다시 물 위로 떠올랐다.

2

나이트 죽순이가 남긴 경험에 대한 명언

"나? 나이트 죽순이야."

그녀는 자신을 그렇게 소개했다. 2,000년대 초 나이트에서 유행하던 테크노 댄스와 복고 댄스를 내 앞에서 선보이며 한 말이었다. 카페에 손님이 없을 때마다 나팔 바짓단이 휘날리도록 춤 연습을 했다. 제주도가 고향인 그녀는 내가 명동의 한 커피숍에서 아르바이트할 때 만난 언니였는데, 그때 나는 홀 서빙 담당이었고 그녀는 주방 담당이었다. 그 당시 막 스무 살이 되어 처음 사회생활을 했던지라 세련된 나이트 죽순이 언니는 넘볼 수 없는 세계의 사람 같았다.

제주도 나이트클럽은 이미 섭렵했고 강남 나이트를 순회 중이라던 말에, 왜 매일 다른 나이트에 가냐고 물었다. 그러자 그녀는 추던

춤과 표정을 멈추고 똑 부러지게 말했다. "경험의 폭을 넓히기 위해서." 그 말은 사회 초짜였던 내게 마치 소크라테스의 '너 자신을 알라' 처럼 큰 울림으로 다가왔고 가슴 깊이 명언으로 남았다.

3개월 아르바이트를 끝으로 우리는 연락이 닿지 않았지만, 그 후에도 살면서 실패를 겪을 때마다 경험의 폭을 넓혔을 뿐이라고 포장하면 대수롭지 않은 일이 됐고 마음의 상처도 빨리 나았다. 그래서 불합격할지라도 경험의 폭을 넓힌다는 명목하에 많은 분야에 도전했다.

김포공항 근처에 살 때였다. 깔끔하게 유니폼을 입은 항공사 승무원들을 보며 그 꿈을 키웠고 항공운항과에 입시 지원을 했다. 승무원 키 제한인 162cm에 못 미쳐 어차피 불합격이었지만 그때 지원자들을 보며 그 세계는 적자생존이란걸 깨달았다. 스튜어디스는 외모와 성격도 중요하지만, 승객들에게 편안하고 안전한 비행시간을 제공하기 위해 건강한 체력이 우선이었다.

그 후 여행사에서 근무한 어머니를 도와 여행 인솔자로 일한 경험이 있다. 처음 여행객을 인솔해 출국하던 날 공항에서 서른 명 남짓한 손님을 호명하며 여권을 나눠 주는데, 어르신들은 떨리는 내 목소리가 양 울음소리 같다며 놀렸다. 귀국하던 날 관광버스 통로에 서서

골백번 연습한 인사말도 했다. "안 좋은 기억은 이곳에 두고, 좋은 추억만 가져가세요.(음매~)"

또, 어머니 지인이 물어본 "너 컴퓨터 좀 할 줄 아니?"라는 질문을 "너 채팅 좀 할 줄 아니?"로 받아들여 출근한 회사가 있다. 그 질문 속 컴퓨터는 포토샵, 일러스트레이터 등 디자인 프로그램을 뜻했다. 사장은 당장 인력이 필요했는지 나를 컴퓨터 학원에 등록시켰고, 그날 배운 내용을 업무에 바로 적용하며 맨땅에 헤딩하듯 일했다. 내 디자인이 제품 로고가 되고 책자로 인쇄되며 처음 성과라는 걸 냈다. 그때 그래픽 디자이너로 살게 된 첫 단추를 끼우게 됐다.

무모한 도전은 계속 이어져 아나운서 시험에도 응시했다. 승무원 시험과 여행 인솔자로 일했던 경험은 대중 앞에서도 긴장하지 않는 담력을 길러 주었고, 대학생 때 수강했던 '화법의 원리'라는 방송 실기 과목은 용기를 북돋는 촉매가 됐다. 여의도 KBS와 MBC에 각각 카메라 테스트를 보러 갔을 때였다. 그곳엔 주먹만 한 얼굴의 지원자들이 이미 아나운서가 된 듯 원고를 읽고 있었다. 바비인형처럼 늘씬한 그들 사이에 푹 꺼진 못난이 인형 같은 나는 그 장벽이 높다는 걸 실감했고, 지덕체를 갖춘 지원자들은 내 현실을 뼈저리게 자각시켜 줬다. 그리고 아나운서가 되려면 지역 방송사부터 경험을 쌓으라는 아나운서 출신 교수의 말뜻도 체감했다.

 방송국의 높은 문턱을 넘지 못했지만, 헛된 도전 같았던 다양한 경험의 나비효과는 다방면에 나타났다. 회사 입사 후 임원 회의가 순조롭게 진행될 수 있도록 돕는 승무원 같은 역할을 했다. 신입사원들을 통솔하며 며칠간 교육을 할 땐 여행 인솔자로 일했던 경험이 한몫했고, 아나운서를 준비했던 경험은 사내 아나운서로 발탁되어 사무실에 울려 퍼지는 내 목소리를 듣게 해주었다. 그리고 지금은 집안의 승무원이 되어 아이들에게 돌밥돌밥(돌아서면 밥 차려주는) 서비스를 제공하고, 삼 남매를 인솔하며, 아나운서 발성으로 아이들을 훈육한다. 무엇보다 세 아이에게 노래와 춤, 코미디, 로맨틱, 공포, 액션 등 장르를 가리지 않고 연기하는 탤런트다.

 하지만 엄마로 살면서 새로운 것에 도전할 여유가 없었다. 아침에 삼 남매를 삼십 분 간격으로 초등학교, 유치원, 어린이집에 바래다주고 나면 진이 쏙 빠졌다. 그 후 시간마다 울리는 핸드폰 알람에 맞춰 하교와 하원 그리고 학원을 데려다주고 나면 저녁 준비할 시간이 됐다. 그러던 중 남편의 육아휴직 3개월은 배움에 갈증을 느꼈던 내게 단비 같은 기간이었다. 남편이 아이들의 등하교를 전담해 주는 동안, 나는 벼르던 강좌를 모두 신청해서 다녔다. 지역 문화원에서 하는 문예 창작반과 영어회화반 그리고 주민센터에서 하는 요가를 배우며 다시 경험의 폭을 넓혀 나갔다. 남편의 육아휴직이 끝난 후에도 짬을 내서 배움을 이어가고 있다.

그 외에도 평범하지 않은 경험에 도전했다. 혐오 음식이라고 할 수 있는 오리 혀, 닭 창자 꼬치, 개구리탕 등도 먹어봤다. 둘째와 셋째를 출산할 때는 무통 주사를 맞지 않았는데 그 주사의 부작용을 직접 보기도 했지만, 옛 어머니들의 산고를 느껴보고 싶었다. 자연분만을 고집한 이유도 23살에 난소낭종 제거 수술을 받으며 제왕절개의 고통을 이미 겪어 봤기 때문이었다.

누군가 내게 왜 그런 억척스러운 경험을 사서 하냐고 물으면, 나이트 죽순이 언니가 말했던 것처럼 "경험의 폭을 넓히기 위해서요."라고 말하고 싶다. 몸소 체득한 것만이 내 것이 되고 향후 글로 풀어낼 수 있는 소재가 될 것이라 믿기에 앞으로도 폭넓게 경험할 것이다.

3

지각 인생을 가르쳐 준
가장 영향력 있는 언론인

'요청하신 페이지를 찾을 수 없습니다.'

새로고침 버튼을 아무리 눌러도 하얀 화면엔 같은 말만 떴다. 제시간에 클릭했는데도 수강 신청이 마감됐다고 했다. 그 수업은 손석희 교수의 '화법의 원리'였는데 2006년 성신여대 문화정보학부가 시작되며, 그가 처음 부임된 후 개설된 과목이었다. 〈100분 토론〉 사회자이자 '가장 영향력 있는 언론인 1위'인 그의 팬으로서 강의를 듣고자 개강 전부터 수소문했으나, 그 바람은 1초 만에 실패하며 내 머릿속도 모니터 화면처럼 하얘졌다.

그래도 첫 수업 날 무작정 강의실로 찾아갔다. 교실 문이 열리고 연예인처럼 들어온 그는 생각보다 수강신청자가 많아 정원을 늘린다고 했다. 나는 그 학과 학생도 아니었기에 내가 뽑혀야 할 이유를 노란 메모지에 적어 내고 왔다. '안녕하세요. 의류학과 안유정입니다. 저는 곧 졸업하는데 패션 바이어가 꿈이에요. 그 직업은 말을 잘해야 해서 이 수업을 꼭 듣고 싶습니다!'

집에 도착한 나는 침대에 누워 천장만 바라봤다. 그때 학교에서 전화 한 통이 왔고 익숙한 목소리가 들렸다. "어, 나 손석흰데." 그 목소리를 듣자마자 침대에서 벌떡 일어나 허공에 대고 인사를 했다. 그토록 원했던 수업을 수강할 수 있게 됐다는 연락을 받고 뛸 듯이 기뻤다.

강의는 오전 9시였다. 〈손석희의 시선집중〉을 이어폰으로 들으며 학교에 가면 그 라디오 속 진행자는 이미 강의실에 도착해 있었다. 방송을 8시에 마치고 차에서 김밥으로 아침을 때우며 여의도에서부터 온다고 했다. 학교에서는 언론에 비치는 '차도남(차가운 도시 남자)'이라는 이미지와 달리 자상한 모습이었다. 소개팅남에게 차였다는 수강생에게 "누가 우리 예쁜 학생을 찼어!"라며 위로해 주었고, '촌철살인(寸鐵殺人)'이란 별명답게 개개인의 장점과 개성을 콕 찍어 말해 주며 자신감을 높여 줬다.

대학 졸업 후 어느 해 스승의 날이었다. 패션 바이어의 꿈을 접고 일반 회사원이 된 나는 함께 수업을 들었던 후배들과 인사차 학교를 찾아갔다. 그는 단벌 신사란 말이 과언이 아닐 정도로 그날도 평소 교단에서 입던 옷을 입고 있었다. 항상 검소한 모습은 내면의 힘을 기르면 외면은 자연히 빛난다는 것을 보여 줬다. 대화를 나누던 중 옛날얘기도 들려줬는데, 한번은 대학생 때 하교 후 집에 갔더니 가족과 집이 없어져 친구의 형이 운영하는 동네서점에서 지냈다고 했다. 그때 신문지를 깔고 잠을 잤는데 배 위로 쥐가 지나다녔다고 했다. 그 밖에도 취직 전까지 이사를 30차례나 다녔고 집이 없어 가족이 뿔뿔이 흩어진 얘기는 인터넷에도 나와 있었다.

나는 불우한 과거를 담담히 말하는 그의 모습을 보고 의아해했다. 사실 쥐 이야기에 맞장구를 치고 싶었으나 그러질 못했다. 우리 집은 IMF 때 경매에 넘어가 구멍가게가 딸린 단칸방으로 이사했다. 그때 고등학교 하교 후 가게 문을 열고 장사를 했는데 단내 나는 슈퍼에는 쥐가 단골손님이었다. 어느 틈으로 들어왔는지 잠잘 때도 사람 옆을 지나다닌 적이 있다. 그 후 동네에 대형 마트가 들어오면서 빛도 안 들어오는 완전 지하로 이사했고, 그다음 반지하로 이사 갔지만 부모님은 빚쟁이에 쫓겨 종종 차에서 잤다. 가난의 늪에서 우리도 흩어진 가족이었다.

하지만 본인의 불우한 과거를 스스럼없이 얘기하는 교수를 보며 고난을 성장의 발판으로 삼아 성공해야 한다는 걸 배웠다. 그의 시련은 내 상처를 기워 준 셈이었고, 자신을 드러내는 진솔한 이야기가 누군가에게 위로와 용기를 준다는 걸 깨달았다. 예전에 내가 겪었던 불행도 지금은 행운으로 승화됐다. 세숫대야 앞에 쪼그려 앉아 쥐가 파먹은 비누로 세수했던 일도 누군가에겐 공감과 위로를 주는 이야기가 될 것이다.

그가 교직을 떠난 뒤 해외 순회 특파원으로 출국하기 전, 한 라디오에서 감명 깊이 생각하는 사자성어 '지주반정(砥柱反正)'에 대해 말했다. "큰 강물이 굽이쳐 흐르는데 거기에 커다란 바위가 있고, 그 바위가 제자리를 계속 지키면서 결국은 모든 게 정상으로 돌아갈 때까지 지킨다." 그 말은 내 가슴에도 와닿았고 굽이치는 강물 속 바위 같은 삶을 살기로 다짐하게 했다.

바위처럼 사는 건 정신건강에 좋았다. 불화나 갈등 속에서도 '이 또한 지나가리라'라고 생각하니 모든 게 원상태로 돌아왔다. 몇 해 전 문예 창작을 배울 때였다. 수업을 가르치던 소설가는 내 글에 대해 "이 글은 쓰레기에요!"라며 소설 『노인과 바다』를 집필한 헤밍웨이의 말 '초고는 쓰레기다'에 빗대어 말한 적이 있다. 그때도 '나는 돌덩이다'라고 생각했지만, 눈물이 찔끔 났다. 그날 손석희 교수가 미국 유학 시절에 관해 쓴 글 「지각 인생」을 읽으며 마음을 가다듬었다.

'나는 내가 지각 인생을 살고 있다고 생각한다. 대학도 남보다 늦었고 사회진출도, 결혼도 남들보다 짧게는 1년, 길게는 3~4년 정도 늦은 편이었다. (중략) 중학생이나 흘릴 법한 눈물을 나이 마흔 셋에 흘렸던 것은 내가 비록 뒤늦게 선택한 길이었지만 그만큼 절실하게 매달려 있었다는 방증이었기에 내게는 소중하게 남아 있는 기억이다. 혹 앞으로도 여전히 지각 인생을 살더라도 그런 절실함이 있는 한 후회할 필요는 없을 것이다.'

― 손석희, 「지각 인생」 중에서 ―

글 쓰기 공부를 시작했을 때 나도 마흔셋이었다. 내 글에 대한 거친 합평을 받을 때마다 실의에 빠졌지만 모두 나를 성장시킨 사랑의 매였다. 그리고 글 쓰는 사람이 되겠다는 절실함이 있었기에 내 선택에 후회를 가져다주진 않을 것이라 믿었다. 지각 인생을 살더라도 꿈을 향해 멈추지 않고 도전하는 스승의 모습은 늘 귀감이 된다. 언젠가 물 흐르듯 살면 된다고 했던 그의 말처럼 꿈을 향해 계속 흐르는 삶을 살고자 한다.

4

입사는 칠전팔기, 퇴사는 이메일 한 통

"애 낳아 보세요. 그게 되나."

아기가 태어나면 옆에 재워 두고 논문을 쓰겠다는 말에 그녀는 그렇게 답했다. 아이를 낳아 보지 않은 나로서는 그 말에 납득이 안 됐지만 논문 작성법을 가르치는 50대 여교수는 이미 육아 경험이 있기에 내게 그런 일침을 놓은 것 같았다. 전화를 끊고 회사의 텅 빈 회의실 어두운 구석에서 잠시 생각에 잠겼다. 졸업 논문 심사는 12월이었고, 출산 예정일은 10월이었다.

빗나가길 바랐던 교수의 말은 그대로 적중했다. 출산 후 내 삶은 모두 아기 중심으로 돌아갔다. 밤낮 없이 우는 신생아 앞에 나는 5분 대기조였고, 분유 병은 입에 대지도 않고 엄마 젖만 물려고 하는 아이에게 생명의 밥줄이 된 젖소였다. 게다가 눕히면 바로 잠에서 깨는 등 센서까지 탑재된 아들 앞에서 잠도 포기하고 논문도 포기했다.

회사를 떠날 때 3개월 출산휴가 후 복직을 약속했지만, 내게서 못 떨어지는 아기를 두고 차마 출근할 수가 없었다. 그때 내 안의 모성애를 도려내고만 싶었다. 더 큰 꿈을 위해 버텼던 1인 5역(회사원, 대학원생, 임산부, 아내, 며느리)보다 아이 하나 보면서 절절매는 1인 1역이 훨씬 힘들었다. 결국 육아휴직을 1년 연장했지만 끝내 퇴사했다. 칠전팔기 취업 전쟁을 뚫고 입사해 몸 바쳐 일한 회사 생활의 마침표는 이메일로 문서 한 장을 보내며 쉽게 끝났다.

나는 회사 재직 중 대학원에 진학했는데, 세 번 만에 합격한 쾌거였다. 평상시 필요했던 공부를 위해 광고브랜드디자인학과에 입학하며 주경야독의 길을 걸었다. 그러던 중 결혼을 했고 아이를 갖게 됐다. 임신 중 졸음이 쏟아져 여직원 휴게실에서 새우잠을 잤고, 입덧 때문에 비닐봉지를 챙겨 출근했다. 퇴근 후 만삭의 몸으로 대학원에 가는 내게 팀장은 "안대리, 그러다 애가 분필 물고 나오겠어."라고도 했다. 그래도 그 당시 졸업 후 회사 그룹 내 디자인센터로 이직하려던 꿈이 있었기에 힘든 줄 몰랐다. 하지만 모든 계획은 출산과 함께 멈췄다.

아기는 하루가 다르게 자랐지만, 끊임없이 반복되는 육아와 집안일은 잘해 봤자 본전이었다. 차라리 성과와 퇴근이 있는 회사로 출근하고 싶었다. 하지만 일과 육아 사이에서 갈등할 때마다 친정엄마의 말이 떠올랐다. "일해 봤자 부질없어. 애나 잘 봐. 그게 돈 버는 일이야." 딸의 경력을 이어 주려고 하는 다른 엄마들과는 달랐다.

우리 부모님은 맞벌이였다. 관광 가이드였던 엄마가 출장을 가면 몇 밤이고 엄마 오는 날만 기다렸는데, 휴대전화도 없던 그 시절엔 하루가 무척 길었다. 초등학교 하교 후 빈집에 들어와 엄마를 외쳤고, 갑자기 소나기가 내리는 날이면 교문 앞에 엄마가 우산을 들고 마중 나온 친구들이 부러웠다. 중학교 졸업식에도 엄마는 오지 못했다. 나는 매일 엄마가 보고 싶었다.

내 마음속엔 엄마라는 나무가 있는데, 그 나무의 기둥은 공허함으로 군데군데 파여 있다. 어릴 적 엄마에 대한 갈망으로 생긴 상처이다. 그래서 무의식중에 자식에게 내가 겪은 쓸쓸함을 물려주고 싶지 않았다. 지옥 육아라는 말이 있을 정도로 육아는 밤낮없이 힘들고 보상도 없어 우울할 때가 많다. 아이는 마치 엄마 나무에 붙어 양분을 빨아먹는 존재 같아 가끔은 떼어 버리고 싶지만, 엄마는 그런 자식에게 아낌없이 주는 나무처럼 온몸을 내어 준다.

언젠가 친정엄마는 "전업주부로 사는 게 소원이었어."라고 말한 적이 있다. 엄마는 그 옛날 생계를 위해 치열한 삶을 택했고, 자식 곁에 있어 주지 못한 괴로움도 딸의 상처만큼 깊다는 걸 알았다. 그래서 나는 아이 곁에 있는 엄마 나무가 되기로 했다. 그럼에도 가끔은 육아의 쳇바퀴 속에서 해방될 창구가 필요했다. 그나마 아이가 잘 때마다 썼던 일기는 유일한 육아 탈출구였고 임금님 귀는 당나귀 귀라고 시댁 스트레스를 외칠 수 있는 대나무숲이기도 했다.

중학교 2학년 때 담임에게 받은 자주색 스프링 노트에 처음 일기를 썼다. 그땐 그저 사춘기 소녀의 불만을 적던 화풀이 공책이었는데 점차 일기장은 내면의 분신을 만날 수 있는 또 다른 세계가 됐고, 내 안의 작은 나와 대화하며 하루를 위로하고 쌓인 감정을 해소하는 곳이 됐다.

여중생의 일기는 육아 일기까지 이어졌다. 아이가 잘 때마다 조금씩 써 내려간 글은 육아 수기 공모전에 응모해 수상을 했고, 인터넷에 제품 사용기 작성 이벤트에 당첨되며 상품도 받았다. 즐겁게 쓴 글인데 인정을 받으니 시공간 제약 없이 내 이야기를 진실하게 글로 풀며, 나와 같은 상황에 있는 사람들과 책으로 소통하는 작가라는 직업에 매력을 느꼈다. 하지만 육아라는 감옥 속에 자유시간 없이 하루를 보내다 보니 글 쓰기는커녕 작가가 되겠다는 꿈은 막연한 환상일 뿐이었다.

만약 퇴사하지 않았더라면 글을 쓸 시간도 있고 밥이라도 편하게 먹었을 텐데, 재취업을 한다 해도 주변에 아이를 맡아 줄 친척이 없었다. 게다가 월급의 3분의 2 이상을 아기 돌보미에게 바쳐야 하는 실정이었기에 계산기만 두드리다 말았다. 또, 회사에선 권고사직 서열 1순위인 사람이 다자녀 엄마라는 암묵적 편견도 있었다. 그때 대한민국에서 아이를 낳지 말아야 할 101가지 이유를 댈 수 있을 정도로 사회에 불만이 많았다. 여성의 경력을 잇기 열악한 현실에 대해 분노를 삭이며 엄마만 바라보는 아이를 위해 도돌이표처럼 육아의 현장으로 되돌아갔다.

$$5$$

콘크리트 틈 사이에 핀 꽃

"당황하지 말고 들어. 지금으로부터 세 시간 전에 엄마가….."

평소에 연락이 잘 없던 아버지의 전화를 끊은 뒤 황급히 짐 가방부터 쌌다. 나들이를 가려던 짐을 풀고, 집에 있는 아이 기저귀 전부와 동화책 서너 권 그리고 여벌 옷을 챙긴 뒤 인천의 한 병원으로 향했다. 2014년 11월 30일 일요일. 또 한 번 인생의 전환점이 된 날이었다.

응급실에 도착했을 때 어머니의 눈동자는 개구리처럼 양옆으로 돌아가 있고 입은 볼에 붙어 있었다. 그런데도 한쪽 눈으로 아기띠에 앉아 있는 손주를 응시하며 비뚤어진 입으로 동요를 불러 줬다. "둥근 해가 떴습니다— 자리에서 일어나서—" 병명은 뇌경색이었다. 몇 시간 전, 집 소파 위에 쓰러진 어머니를 발견한 아버지는 삼십 분 안에 구급차로 이송했지만, 상황은 두고 봐야 한다고 했다. 그날 오전 영상통화로 봤던 얼굴이 내가 본 어머니의 마지막 밝은 표정이 되어 버렸다. 며칠 뒤 가족은 어머니 뇌의 일부를 잘라야 한다는 수술에 동의해야만 했다.

한 달 하고 일주일 만에 중환자실에서 일반병실로 옮겼고 재활병원을 거쳐 다시 집으로 왔다. 결국 나는 서울의 전셋집을 중도 해약하고 인천의 친정 옆으로 이사했다. 어머니의 자리가 무너지니 집안의 웃음은 뒷문으로 사라졌고 온 가족은 한숨 속에 살았다. 방바닥에서 기다가 서고 아장아장 걷는 돌쟁이 아들처럼 어머니도 다시 일어서길 바랐지만, 반신마비가 된 몸은 원상태로 돌아오지 못했다. 아이 기저귀를 갈며 어머니 기저귀도 갈았다.

낮 동안의 간병은 내 담당이었고 철야는 아버지 몫이었다. 저녁에 다시 내 집으로 돌아가 남편의 밥상까지 차려 주고 나면 부엌데기의 하루는 주방에서 맴돌다 저물었다. 그 당시 나는 둘째 아들을 임신 중이었는데 출산 후 3개월의 회복기를 거친 뒤, 세 살 된 첫째와 백일 된 둘째를 둘러업고 다시 친정으로 향했다. 육아와 어머니 간호를 병행하며 보람도 느꼈지만, 타인을 위해 하루하루 살아 내는 심정이었다.

꼭두각시로 사는 내게 생명을 불어넣어 준 건 글쓰기였다. 아이들과 어머니가 잠든 틈을 타서 글을 썼는데, 공모전에 응모한 글이 당선이라도 되면 소소한 행복을 느꼈고 자존감도 회복됐다. 어머니에게 글 제목에 대해 의견을 묻고, 아버지에겐 글의 교정을 봐 달라고 했던 그때가 아직도 행복한 기억으로 남아 있다. 그리고 언젠가 다가올 희미한 미래의 꿈을 뒷받침하기 위해 논문도 이어 썼다.

논문 심사 자격 조건에 부합하려면 먼저 토익점수 585점 이상을 취득해야 했다. 모두 잠든 밤에 빨래를 개면서 이어폰으로 영어 듣기를 하며 막힌 귀를 뚫었고 다행히 기준을 넘는 점수를 받았다. 대학원에 갈 땐 둘째 아들을 맡길 곳이 없어서 유모차에 태우고 데려가 논문 심사를 받기도 했다. 결국 논문은 두 번 떨어지고 세 번째에 통과하며, 입학 7년 만에 겨우 졸업장을 받게 됐다.

하지만 주부의 삶에서 논문은 단지 자기와의 싸움으로 얻어낸 책이었고, 책장에 꽂힌 인테리어 소품일 뿐이었다. 그래도 어머니를 간호하며 함께 전전긍긍하고, 비로소 딸과 친해진 아버지에게 논문에 편지를 적어 한 권 선물했다.

'길을 가다 보면 콘크리트 틈 사이에서도 펴있는 꽃을 볼 수 있습니다. 인고의 시간 속에서 열매를 맺은 이 논문은 마치 그 꽃과 같습니다. 우리 가족이 걸어온 인고의 세월도 마치 그 꽃과 같습니다. 이 책의 기운이 우리 가족에게 긍정적으로 닿길 바랍니다. 2017년 딸 드림.'

그리고 그 논문은 아버지에게 드린 마지막 선물이 됐다. 그 후 아버지는 대장암 3기 선고를 받고 1년도 채 안 되어 꿈속에서만 볼 수 있는 존재가 됐다. 가족 중 한 명을 영원히 떠나보내고 돌아온 집안의 적막함은 겪어본 사람만이 알 것이다. 여느 때처럼 골목 끝에서 어머니의 휠체어를 미는 아버지가 나타날 것만 같아 내내 바라봤지만 더 이상 볼 수 없었다.

고생 총량의 법칙이란 말이 있다. 인생을 길게 펼치면 누구나 고생하는 기간은 똑같이 주어진다는 뜻이다. 가족의 상실, 건강 이상, 사업 실패, 취업 낙방, 불화, 이별, 구설 등 나를 가로막는 장애물들도 지나고 보면 모두 자신을 단단하게 만들어 주는 위기이자 기회이다. 그 당시 꿈을 잃었던 내게 동트기 전 새벽이 가장 어둡다고 했던 아버지의 말을 되새기며, 한 줌의 흙과 하늘이 있는 틈이라면 어느 곳에나 뿌리내리며 살아가는 들꽃처럼 살고자 노력했다.

가족을 잃은 슬픔은 또 다른 가족이 태어나 아물게 해 줬다. 아버지 별세 1년 뒤 셋째 딸이 태어났다. 그만 슬퍼하라는 아버지의 선물 같았다. 아들 둘을 7살, 5살까지 키웠는데 내 나이 39살에 다시 신생아 육아가 시작됐다. 아이를 세 명 낳으니, 주변에선 나를 애국자라고 했다. 하지만 아래층 사람들에겐 층간소음을 일으키는 죄인이었고, 외식이라도 하는 날엔 소란스러운 아이들을 타이르느라 주변 눈칫밥만 먹고 나왔다. 시대를 잘 타고 나 애국자라는 칭송을 듣지만, 늘 재능과 성과에 대한 인정을 받고 싶었다.

인정 욕구를 채우기 위해 인터넷을 검색해 명칭 공모전에 도전했다. 당첨 확률은 열 중 한 번이었지만 내가 지은 이름이 활용되고 전공을 살려 능력을 인정받는 기회였다. 그렇게 콘크리트 틈 사이에서 해를 향해 얼굴 드는 꽃처럼, 척박한 삶 속에서도 자신을 세우고자 꿈을 향해 끊임없이 고개를 들었다.

(6)

빈 둥지가 허전하지 않도록

'육아가 너무 재미없어서 돌파구를 찾다가 여기까지 왔습니다.'

이 책의 작가를 공모할 때 신청서에 작성한 내용이다. 응모했던 그
날은 내가 살고 있는 지역구의 작가들과 비매품 책 작업을 마무리한
날이었다. 오랜만에 책의 디자인도 맡으며 성취감을 느꼈는데, 책 집
필이 끝나니 실업자가 된 듯 앞날이 막막했다. 마침 함께 문집을 만
든 작가 중 한 명이 공식으로 책을 출간할 수 있는 작가 모집 정보를
알려준 덕에 지원하게 됐다.

하지만 모집 날짜를 보니 이미 접수 마감된 후였다. 그래도 두드리
면 열릴 것이라는 신념으로 지원서를 제출했고, 며칠 뒤 작가 자리에
공석이 하나 생겼다는 연락을 받았다. 그때부터 책 홍보를 위해 잠자

던 SNS 계정을 깨우고 내가 글을 쓰고 있음을 알렸다. 특히 인스타 그램에서 만난 공저 작가들은 내게 긍정적인 자극이 됐다. 모두 직업 외에도 유튜버, 인플루언서, 강연가 등의 타이틀이 있는 N잡러였다. 그 무렵 나도 한 문예지에 응모한 수필이 신인상으로 당선되며, 수필 가로 등단해 내세울 수 있는 직업이 하나 생겼고 작가라는 꿈에 힘을 실어 줬다.

지금껏 전업주부라는 직업으로 살면서 아이들이 어린이집, 유치원, 초등학교에 들어갈 때마다 새롭게 할 일이 생겨 설레고 즐거웠다. 모든 학용품에 이름을 적은 스티커를 붙이고 책가방을 챙겨 매일 등하교를 시켜 줬다. 물론 세 아이의 매니저로 사는 삶도 행복했지만, 점점 내가 좋아하는 일을 하고 싶었다. 아이들이 신생아기 때 모유 수유를 총 50개월이나 할 정도로 열과 성을 다했기에 죄책감도 없었다. 육아가 적성에 안 맞는다고 주변에 푸념하면, 그런 사람이 애를 셋이나 낳았냐고 웃어넘겼지만 아이 양육하는 일에 심신이 지쳐 번 아웃이 온 것 같았다.

이제 칠흑 같던 육아의 터널에 슬슬 빛이 보인다. 두 아들은 스스로 학교에 가고 막내만 유치원에 보내면 내 시간도 꽤 생긴다. 품 안의 자식이라는 말처럼 아이들이 엄마를 찾는 날이 줄어들면 힘들었던 지난날도 그리운 추억이 될 것이다. 주위에 몇 엄마들은 자녀가 초등학교에 입학한 후 학원까지 갔다가 늦게 귀가하니 혼자만의 시간이 많아져 더 우울하다고 했다.

아이가 커갈수록 엄마들이 우울감을 느끼는 건 '빈둥지 증후군'으로, 40~50대 주부가 자기 정체성 상실을 느끼는 심리적 현상이다. 요즘은 아이를 하나나 둘만 낳기에 자식에게 거는 기대와 의존도가 높다. 하지만 아이들이 독립하면서 엄마는 빈껍데기가 되었다는 상실감에 우울함을 느낀다. 그동안 나도 세 아이의 엄마로만 살아왔다. 이제는 내가 나로 살아 있음을 느끼게 해주는 작가의 삶을 걸으며 빈둥지가 허전하지 않도록 글 쓰기로 삶의 공백을 채우고 싶다.

누군가는 나를 불량 엄마라고 할지도 모른다. 아이들 공부를 가르쳐 줘야 할 시기에 무슨 글을 쓰고 자기 계발이냐며 비난할 수도 있다. 하지만 몇 년간 엄마표 공부를 시켜 본 결과 꾸준한 복습 없이는 밑 빠진 독에 물 붓기였다. 또, 아이들의 성적표를 내 성과표로 여기니 어느새 공부하라고 성질만 내는 버럭맘이 되어 있었다. 차라리 내가 꿈을 이루며 사는 모습을 보여주고 아이들도 꿈을 키울 수 있도록 선한 영향력을 미치는 거울이 되기로 결심했다.

우선 나부터 바뀌어야 한다는 생각에 '사극 육아'를 시작했다. 이는 내가 지은 명칭인데 사극에 나오는 조선 시대 세자를 대하듯 존대하면 나도 왕비 대접을 받는다는 원리다. 도련님, 아기씨라고 부르며 깍듯이 위했더니 아이들도 어머니, 아버지라고 하며 존댓말을 썼고, 고성이 나돌던 집안도 차츰 고요해졌다. 내가 식탁에 앉아 글을 쓰면 삼 남매도 다가와 그림을 그리거나 책을 읽었고, 숙제하라고 다그치지 않아도 알아서 공책을 펼치는 일이 늘어났다.

어느 날 숙제를 봐 줄 때였다. 베란다 넘어 보이던 무궁화나무가 댕강 잘려 있었다. 오며 가며 그 나무를 보는 게 낙이었는데 휑해진 창밖처럼 내 마음도 허전했다. 몇 달 후, 잘린 나무 끝에서 새로운 이파리들이 돋아났다. 나는 올해로 11년 차 된 경력단절녀. 그 나무처럼 내 경력은 출산과 육아로 댕강 잘렸지만, 새로 돋는 잎처럼 또 다른 경력을 이어가는 경력이음녀가 됐다. 앞으로 경력단절녀들이 '경단녀'라는 호칭보다는 미래 인재 육성에 집중하는 경이로운 일을 하는 '경이녀'라고 불리길 희망한다.

회사경력이 단절된 뒤 다시 꿈을 찾기 위한 여정은 멀고도 험했다. 마음에 심은 소망의 씨앗이 자라기까지 다양한 경험에 부딪히고, 많은 고비를 넘겨야 했지만 그렇게 축적된 희로애락은 성장의 자양분이 됐다. 더우이 엄마가 되었기에 느낄 수 있는 숱한 감정은 작가라는 목표를 더 선명히 익게 해준 햇살이었다. 이제 내 삶 곳곳에 묻힌 글감을 꺼내어 글로 풀고 싶다.

내 꿈은 그동안 엄마라는 무게에 눌려 기지개 한 변 켜기 힘들었다. 하지만 막연히 품었던 마음속 꿈의 씨앗은 어느새 영글어 뾰족이 싹을 틔웠다. '주머니 속의 송곳'이라는 뜻의 사자성어 '낭중지추(囊中之錐)'처럼 재능은 가려져 있어도 그 능력이 드러나기 마련이다. 각자가 타고난 재주를 발휘하며 사는 게 나눔이고 행복이듯, 내 가능성의 송곳도 녹슬지 않게 꾸준히 읽고 쓰며 체험할 것이다. 남들보다 출발이 늦었지만 '느림을 두려워 말고 멈춤을 두려워하라'라는 중국 속담 '불파만 지파참(不怕慢 只怕站)'의 마음으로 차근차근 이루고 싶다.

세계인이 가장 좋아하는 아름다운 단어 첫 번째가 '엄마(Mother)'라고 한다. 이 세상 어디서나 위대한 엄마의 꿈과 열정을 응원할 것이다. 그 발걸음이 느리더라도 괜찮다.

Chapter 3

꿈꾸며 사는
지금이 제일 예쁠 때

조지희

1

지금 나는 세 번째 마흔

3! 2! 1!

댕~댕~댕~

해피 뉴 이어!

TV 화면을 통해 조용하던 우리 집에도 보신각 종소리가 울려 퍼진다. 2023년도 이제 안녕. 드디어 새해가 시작되는구나. 들뜨거나 신나는 기분보다는 묘하게 아쉬운 느낌이 든다. 세어본다. 내 나이가 몇인지. 2022년에 마흔, 2023년에 마흔하나가 되었지만 '만 나이 통일법' 시행으로 6월에 다시 마흔이 되었고, 이 글을 쓰고 있는 시점을 기준으로 아직도 만 나이 마흔이다. 마흔 살을 3년째 살고 있는 셈이다.

처음 마흔이 되었던 2022년. 첫째의 초등학교 입학과 코로나 때문에 시작한 육아휴직도 2년 차로 접어들었다. 코로나가 너무 심해 아무것도 할 수 없던 휴직 초반과 달리 매일 정상 등교를 하고, 다른 외부 활동도 가능하게 되어서 일상의 소중함을 새삼 느끼는 시간이었다. 아이들과 놀이터에서 놀고, 집에서 맛있는 음식을 해 먹고, 함께 책을 읽는, 평범하지만 소중한 시간. 꾸준히 운동도 하고 동네 이웃들과도 사귀며 바쁘게 보냈다. 하늘 높이 해가 쨍 떠 있는 대낮에 동네를 다니고, 여유롭게 커피를 한 잔 마시고, 재잘재잘 시끄러운 아이들 소리를 들으며 집이 아닌 곳, 회사 아닌 공간에 있는 것이 참 감사했다.

시간은 빠르게 흘렀고, 어느새 여름방학. 방학이 끝나면 복직이었다. 처음 육아휴직을 결정할 때는 몰랐다. 복직 여부를 고민하게 될 줄은. '당연히 회사로 돌아가야지. 회사에서 먼저 나가라고 할 때까지 열심히 다니는 게 최고지.' 그랬던 마음이 조금씩 흔들리기 시작했다. 바쁘게 일하면서 아이 키울 때는 몰랐던 내 마음의 소리를 들을 약간의 여유가 생겼기 때문일까? 지금처럼 아이들의 엄마로 좀 더 충실한 삶, 주어진 대로 살아가기보다 스스로 만들어 나가는 삶을 살아 보고 싶다는 생각이 빼꼼 고개를 내밀기 시작했다. 마음이 그렇다고 해서 쉽게 회사를 그만둘 수는 없어 한참을 고민했었다. 때마침 남편에게 해외로의 좋은 이직 기회가 찾아왔다. 아직 1년 정도의 준비 기간이 있었지만, 해외 이사와 아이들 학교 준비를 핑계 삼아 상의 끝에 퇴직을 결정했다.

막상 퇴사를 하고 나니, 후련한 것 같다가도 덜컥 내가 잘못했나 싶은 순간도 있었다. 자기 소개할 때 이름 앞에 빠지지 않고 자랑스럽게 등장했던 회사 이름과 직책이 사라지니 이제 남은 건 꾸밈말 없는 내 이름 석 자 뿐이었다. 문득 휴직 초반에 참여했던 글쓰기 수업이 떠올랐다. 좋아하는 작가님의 수업이었는데 첫날 어디 회사, 직책, 이름 누구라는 식으로는 절대 자기소개를 하지 말라고 했었다. 소속과 직책을 빼고 얘기하느라 머리를 마구 쥐어짰던 기억이 났다. 그때 뭐라고 소개했더라?

2023년, 전업주부이자 엄마라는 역할을 메인 타이틀로 가지고 산 지 1년 차. 돌아갈 직장이 있었던 휴직 시기와 하루 일과는 별반 다를 것 없었지만, 내 마음이 편하지 않았다. 전업주부이기 때문에 살림도, 육아도 더 잘해야 할 것 같은데 한다고 해도 살림은 손에 익지 않고, 끝이 없는 일이다 보니 점점 하기가 싫어졌다. 일하면서 육아할 땐 어떻게 했나 싶게 정신없이 아이들도 챙기고 식사 준비도 하며 바쁘게 보내지만, 막상 돌아보면 특별히 한 일은 없는 것 같은 나날의 연속. 24시간 엄마 노릇에 쉼도 여유도, 무엇보다도 반복되는 일상 외에는 성과나 성장이 없는 것 같아 아쉬운 날들이 많았다. 하지만 그 덕분에 오히려 엄마로 살아가고 있는 나 자신에 대해 많이 고민한 시기이기도 했다.

두 번째 마흔의 어느 날, 아이들을 학교에 데려다주고 오는 길. 하늘이 너무 파래서 문득 자전거를 타고 싶어졌다. 한강 공원 쪽으로 가서 초록색 따릉이 자전거 하나를 골라 탔다. 시원하게 불어오던 바람이 내가 속도를 내면 거기에 맞춰 쌩쌩, 속도를 낮추면 솔솔, 나의 기분을 맞춰주었다. 자연에 몸을 맡기니 내 안의 생각과 감정들이 갇힌 틀 속에서 빠져나오는 기분이었다. 엄마가 되어 경험한 나의 일상들도 영화 속 장면처럼 마구 스쳐 갔다. 떠오르는 생각들이 싫지 않아서, 맑은 하늘 아래 자전거를 타고 있는 내가 너무 자유롭고 행복해서 한참을 달렸던 기억이 난다.

엄마가 된 마흔 살의 나는 20대, 30대 때보다 마음이 많이 넓어졌고 여유로워졌다. 또 아이의 시선으로 세상을 바라보려고 애쓰다 보니 이제는 마음이 열리고, 편견이 옅어지고, 주변의 사소한 것들이 사랑스럽게 보인다. 아파트 담장에 피어있는 이름 모를 꽃 하나도, 인도 블록 사이 벌어진 틈으로 줄지어 지나가는 개미 떼도. 그 덕분에 좀 더 너그러운 마음과 따뜻한 시선으로 나 자신도 돌아보고 아끼게 된 것 같다. 특별한 수식어는 없지만 그저 엄마인 나도 꽤 괜찮은 사람이구나 하고 보듬어 줄 수 있게 된 것이다.

세 번째 마흔을 맞이하고 있는 지금, 나는 다시 성장하고 싶다. 다시 꿈꾸고 싶다. 나이와 시기에 따라 주어지던 의무 대신 진짜 내 안의 소리를 듣고, 내가 하고 싶은 것을 선명하게 찾고 싶다. 장래 희망. 학교 다닐 때 매년 조사하던 직업명. 학생들한테나 장래 희망이 있고, 그것을 이루기 위해 노력해야 한다고 생각했다. 그런데 다시 보니 장래 희망은 직업명으로 한정해서는 안 되는 거였다. 내 마음속의 막연한 꿈, 희망 사항이나 버킷리스트, 소소하지만 하고 싶은 것이 있다면 이 모든 것이 장래 희망이 될 수 있다. 나이와 관계없이 꿈꾸고 바라보고 한발씩 나아가게 해 주는 원동력이자 나침반인 거다.

마흔이기 때문에 늦었다고 포기하지 말자. 마흔인 덕분에 꿈꿀 수 있는 장래 희망을 신나게 써 보자! 퇴사 이후, 현재의 나는 아직 어떤 결과를 낸 건 없다. 남들에게 보여 주고 자랑할 만한 일도 딱히 없는 것 같다. 하지만 안다. 그동안 성과라고 믿고 있었던 것과 남들의 평가가 전부가 아니라는 것을. 그래서 지금 세 번째 맞이하는 나의 마흔이, 진로를 고민하기 딱 좋은 나이라는 것을!

2

체력, 아들 둘 엄마의 필수 아이템

지금도 선명히 기억난다. 2020년 12월의 추운 겨울날. 나는 얼굴이 벌겋게 달아오른 채, 마스크 속에서 헉, 헉, 겨우겨우 숨을 쉬고 있었다. 입김 때문인지, 눈물 때문인지 속눈썹에까지 물방울이 맺혔다. '저 앞 나무다! 저기까지 가야 해.' 불안정한 나의 호흡에 비해 몸과 다리는 아주 가벼웠다. 쉬지 않고 기계적으로 움직이는 내 몸이 어색하지 않았다. 오히려 뜨거워진 몸의 온도를 한겨울 차가운 바람이 시원하게 식혀 주는 기분이 좋았다. 와우! 오마이갓! 지져스크라이스트! 생애 최초로 '쉬지 않고 30분 달리기'라는 목표를 가뿐히 넘어, 60분 달리기로 초과 달성한 순간이었다.

그해 9월 즈음, 글쓰기 모임의 언니들과 언택트 달리기를 시작했다. 처음엔 그저 답답한 집콕생활 중에 바깥 공기를 쐬러 나가는 것만으로도 좋았다. 가을이 무르익자, 집 근처 산과 공원의 나무들이 형형색색 바뀌는 어여쁜 풍경 속에서 살랑거리는 바람을 만끽하며 걷는 것이 좋았다. 걷다 뛰다 하면서 살짝 땀이 나는 순간들이 좋아졌다. 서로 사는 곳도 다르고, 같은 시간에 달리는 것도 아니었지만, 앱과 카카오톡을 활용해 그날의 운동 기록을 공유하고 응원하다 보니 어느새 나는 꾸준히 달리고 있었다. 처음에는 단 5분도 뛰지 못했는데 이제 달리기 좀 하는 아줌마가 되었다. 자신 있게 말할 수 있다. 마흔 넘은 지금이 내 인생에서 가장 체력이 좋을 때라고 말이다.

아이들과 잘 놀아 주는 엄마가 되고 싶었다. 엄마 아빠와 상호작용하며 함께 노는 것이 아이들 발달에 좋다는 육아서의 영향도 있었지만, 바쁜 워킹맘 시절, 내 출근 시간보다 일찍 어린이집에서 하루를 시작하고, 퇴근 시간보다 늦게까지 그곳에 머무는 아이들에게 늘 미안한 마음을 가지고 있었기 때문이다. 그러나 예상한 대로다. 예민한 두 아이는 밤에도 서너 번씩 잠에서 깨, 번갈아 가며 나를 깨웠고, 나는 늘 잠이 부족했다. 주말에는 늦잠도 자고 싶은데, 아이들의 주말 아침은 평소보다 더 일찍 시작된다. 밀린 집안일도 자꾸만 눈에 거슬리고 밥 한 끼 해 먹으면 설거지와 쓰레기가 한가득. 더 열심히 놀아 주기는커녕 더 열심히 부딪히고 짜증 내고 화를 냈던 것 같다.

휴직을 결정했을 때, 계획했던 원대한 꿈들이 몇 가지 있었지만 가장 먼저 하고자 했던 것이 체력 키우기였다. 5분, 10분이라도 연속으로 달릴 수 있으면 좋겠다고 시작했던 일이 한 시간을 채웠다. 인생 최초였다. 1년 정도는 거의 매일 달리기를 했고, 동네에서 사귄 친한 이웃들에게도 함께 뛰자고, 같이 운동하자고 적극 권장하고 다녔다. 가을의 전설이라 불릴 만큼 아름다운 풍경을 배경으로 달리는 춘천 마라톤에도 출전했다. 오해하지 마시길. 43.195km도, 하프마라톤도 아닌 10km 코스다. 하지만 내가 런린이이자 나이 마흔인 아줌마라는 사실을 감안하면 10km 마라톤도 꽤 자랑할 만한 일 아닌가?

달리기를 계속하다 보니 한겨울에 손끝, 발끝 시리던 증상이 사라졌다. 뭘 해도 그다지 피곤하거나 지치지 않는 느낌이었다. 몸의 활력이 느껴졌다. 나이는 많아졌는데 확실히 몸도 마음도 젊어진 기분이 들었다. 전에는 아무것도 안 하고 쉬고만 싶었는데, 이것저것 해 보고 싶은 것도 많아지고 가 보고 싶은 곳도 많아졌다. 몸에서 마음으로 활기찬 에너지가 퍼져 나간다. 자주 기분이 좋다!

아들이 셋이면 목메달이라고 하는 말이 있다. 나는 그나마 조금 나은 아들 둘, 노메달 엄마다. 그만큼 아들 엄마가 힘들다는 것이겠지. 겪어 보니 아들이든 딸이든 다 힘들다. 다만 아들 엄마는 몸 쓸 일,

목소리 높일 일, 즉 체력이 요구되는 일이 조금 더 많다. 우리 집 아이들은 노는 것을 참 좋아한다. 특히 둘째 아이는 노는 것은 어린이들의 최우선 권리이며 자기는 놀기 위해서 산다고 할 정도다. 그 말을 들으면 살짝 두려워진다. 자전거, 인라인, 배드민턴, 야구, 축구, 술래잡기, 숨바꼭질 등등 같이 놀아 주려면, 아니 따라만 다녀도 어휴. 생각만 해도 벌써 땀이 난다. 하지만 체력이 좋아지고 에너지가 생기니 확실히 덜 무섭긴 하다.

"엄마, 나가자."
"그래, 엄마 가방 챙길게. 옷 입고 와."
집 바로 앞에 있는 놀이터나 배드민턴장으로 나가지만 챙길 게 많다. 물, 간식, 티슈 넉넉히. 축구공, 야구공, 배트, 글러브, 배드민턴채, 줄넘기까지 가능한 많이 들고 나간다. 그래야 충분히 놀고 집으로 돌아올 수 있다. 우리 아이들로 말할 것 같으면 놀이터 지킴이다. 같이 놀던 친구가 가야 할 시간이 되면 엄마가 교체 투입. 학원 다녀오는 길에 만나는 친구가 같이 논다고 하면 엄마는 다시 후보 선수가 되어 놀이터를 함께 지킨다.

사춘기가 오고, 중고등학생이 되어도 아이들이 나와 노는 것을 좋아할지는 모르겠다. 그래도 나는 계속 같이 잘 놀아 주는, 아니 같이 잘 노는 엄마가 되고 싶다. 농구도 하고 스케이트보드도 배우고, 자전거 타고 한강도 달리고. 아마 그쯤이면 아이들이 훌쩍 자라서 내가 우리 식구 중에서 키도 제일 작고, 힘도 제일 약하겠지. 그래서 앞으로도 나는 달리기를 계속할 작정이다. 내 몸과 마음의 기초 체력을 꾸준히 유지하기 위해서. 체력은 육아와 가정, 내 성장을 위한 기초 공사이자 건강하게 살아갈 앞날을 위한 연금보험이기도 하니까. 그래서 올해는 춘천 마라톤 하프 코스 도전?!

엄마, 출마 선언하다

새 학기가 시작되는 3월 초에는 학교가 참 분주하다. 덩달아 내 핸드폰도 분주하게 알람을 울린다. 앱을 통해 학교에서 보내는 안내문이 왜 이렇게 많은지 며칠 동안은 아침저녁 할 것 없이 드르륵드르륵 울린다. 아이가 두 명이니 두 배로 알람이 온다. 그중 내 눈에 띈 한 가지. 학급 임원 선거 안내다.

"학급 임원 선거하는구나! 아들 너도 나가봐!"

"응, 3학년부터 회장 부회장을 뽑는대. 근데 난 별로 관심 없어요."

"그래? 초등학교 때 엄마는 관심 많았거든. 그래서 매년 나갔었는데."

"나는 잘 모르겠어. 회장 되면 뭐가 좋아?"

"반 친구들끼리 사이좋게 지내게 도와주고, 선생님도 도와주고, 시끄러울 때 조용히도 시키고, 학급 회의도 진행하고?"

"별것 없네. 다 도와줘야 하니 할 일만 많고."

시큰둥한 아들의 반응에 살짝 기대했던 엄마 마음도 푹 식어 버렸다. 자기가 싫다는 데 내가 억지로 내보낼 수는 없는 노릇이다. 학창 시절 나는 앞에 나서는 걸 좋아했다. 학급 회장 선거는 빠지지 않고 나갔고, 매 학년 임원을 맡았었다. 하고 싶은 게 많아서 가만히 공부만 하고 앉아 있지를 못했다. 운동회나 학교 축제 같은 행사 준비를 하고, 동아리도 만들어서 활동했는데, 주도적으로 무언가를 해낸 후 느꼈던 성취감을 즐겼던 것 같다. 그래서인지 아들의 불출마 선언이 조금은 아쉽게 느껴졌다.

문득, 학급 임원 선거와 동시에 봤던 학부모회 임원 선거 안내 알림이 생각났다. 하고 싶으면 내가 하면 될 것 아닌가? 자세히 읽어보니 입후보자 신청을 하면, 그 이후에 소견 발표도 하고 투표도 실시한다고 한다. 어이쿠, 투표까지? 뭔가 좀 민망한걸. 학부모회는 보통 6학년 전교 회장 엄마가 맡아서 하는 건데, 전교 회장은커녕 학급 회장도 아닌 아이의 엄마가 나가도 되는 건가? 학부모회 임원을 하면 무슨 역할을 하는 거지? 내가 왜 굳이 귀찮게 이걸 하려는 거야? 곰곰이 생각해 봤다.

일단 궁금한 것이 많았다. 코로나 때문에 지난 2년은 학교생활이 제대로 이뤄지지 않았다. 거기다 개교한 지 얼마 안 된 학교에, 담임 선생님은 새내기 선생님이거나 새로 전근해 오는 분이 많았다. 이제 3학년인데 앞으로의 학교생활은 어떻게 될 것인지, 학교는 어떤 계획이 있는지, 그래서 나는 아이를 어떻게 도와줄 수 있는지 알고 싶었다. 당시에는 복직할 생각이었기 때문에, 모든 것이 빨리 안정화되기를 간절히 바랐다. 아이가 첫째였기에 더 유난스러웠다고 핑계를 대 본다. 이럴 때, 목마른 사람이 우물을 판다고 하는 건가? 답답한 걸 못 참고 성격 급한 내가, 복직하기 전에 뭐라도 도와줄 수 있으면 좋겠다는 심정이었다.

"여보, 애들아, 나 할 말 있어. 엄마 너희 학교 학부모회장 선거에 나간다."
"으응?"

말하고 나니 괜히 떨리기 시작했다. 당선 안 될 수도 있고 될 수도 있고. 근데 진짜 되면 어쩌지? 이 생각 저 생각에 오랜만에 긴장감이란 것도 느껴졌다. 진짜로 되면 어쩌지? 에라 모르겠다. 당당히 나서서, 궁금한 것은 물어보고, 도움이 필요한 건 열심히 도와야지!

한 근 반, 두 근 반. 학부모회 임원 신청서를 내놓고 나름대로 정성스레 적은 소견문도 여러 번 읽어보며 혼자 선거 날만 기다렸다. 초등학교 3학년 때였나? 예쁘고 공부도 잘하는, 친절한 6학년 전교 회장 언니를 보면서 나도 저 언니처럼 전교 회장이 하고 싶다고 꿈을 적었던 기억이 난다. 해맑던 그 시절에는 전교 회장뿐 아니라, 좋아하는 가수 콘서트 가기, 놀이공원 가기 등 온갖 것을 다 일기장에 적어 두곤 했었는데, 최근에는 그렇게 바라고, 꿈꾸던 일이 없었다. 그런데 갑자기 학부모회 임원 선거를 신청해 놓고 보니, 어릴 적 그 마음이 떠올랐다. 그래, 엄청난 것만이 꿈은 아니지. 엄마가 된 나의 꿈이라고 할까? 아들 학교 학부모회 회장 되기?

투표 날 오전, 드르르 핸드폰 진동 소리가 울릴 때마다 두근두근하며 학교에서 보내는 알람이 오기를 기다리고 있었다. '무투표 당선 안내' 하하, 헛웃음이 나왔다. 지원자가 없어서 무투표 당선이란다. 뭔가 마음 졸이고 긴장하며 기다린 것이 허탈하긴 했지만 그래도 당선은 당선이다. 오예! 난 그렇게 학부모회장이 되었다.

의욕에 가득 찬 나는 학년별 학부모 의견과 Q&A를 학교 측에 전달하고 답변을 받는 일로 학부모회 일을 시작했다. 궁금하다고 보내준 의견이 예상보다 훨씬 많아서 정리하는데 꼬박 하루가 걸렸다. 학교의 공식 답변을 받아 학부모들에게 다시 전달하며, 그동안 답답했던 마음이 나도 모르게 뻥 뚫리는 기분이었다. 급식 모니터링도 실시했다. 매일 아침 신선한 재료를 납품받아 아이들이 먹기 좋게, 저학년과 고학년에 맞추어 각각 다른 조리법으로 요리한다고 했다. 또 독서, 그림, 플로깅, 캘리그라피 등 새로운 학부모 동아리를 꾸려 배움과 교류의 기회를 마련했고, 학교 축제 때는 학부모 부스를 만들어 그동안 배웠던 것으로 재능기부를 하기도 했다.

부모들은 보통 학부모회에 잘 참여하지 않으려고 한다. 바쁘기도 하고, 뭔가 나서는 모양으로 보이는 게 꺼려지기 때문이다. 그렇지만 우리 아이들이 온종일 생활하는 학교이니, 한 번쯤은 관심을 가지고 적극적으로 소통하고 봉사해 보는 것도 좋다는 생각이다. 늘 한 것 없이 지나가던 한 해에 확실히 나도 무언가 했다는 보람도 느낄 수 있다. 형식적이긴 하지만 학교 이름이 새겨진 감사패를 볼 때마다 괜히 기분이 좋다. 이렇게 우연히 추가된 꿈 목록 하나를 성공적으로 마무리할 수 있었다.

4

공부가 이토록 재미있어지는 순간

40여 년간 살아오면서 삶의 숙제처럼 간직해 온 꿈이 하나 있다. 그건 바로 두껍고 어려운 고전 독파. 동양고전인 논어, 장자부터 쇼펜하우어와 니체 같은 서양 철학 고전 말이다. 중고등학생일 때는 그 내용이 무엇인지 구체적으로 배운 적이 없었다. 입시 공부에 바쁠 때였으니 나중에 읽어도 된다고 생각했다. 대학 때도 전공 공부와 취업을 위한 스펙 쌓기에 집중하느라 볼 시간이 없었다. 졸업하고 사회인이 되었을 때도 실무에 필요한 기술들을 먼저 익혀야 했기에 미뤄 두었다. 뛰어난 리더들은 논어와 삼국지 같은 책에서 배운다며 회사원들 사이에서도 여전히 고전의 인기가 높았으나 나는 인사팀에서 교육을 담당하면서도 직장인으로, 엄마로, 바쁘게 사느라 스스로의 자기 계발은 신경도 못 쓰고 살았다.

생각해 보면 그런 책들이 무슨 내용을 이야기하는지도 모르면서 그저 똑똑해지고 싶다 혹은 똑똑해 보이고 싶다는 허영심에서 비롯된 꿈이었던 것 같기도 하다. 늘 책을 읽고 싶다고 생각하지만 시간이 생기면 책보다는 핸드폰을 손에 잡는 일이 더 많았다. 드라마 시리즈는 2~3일 만에 정주행하면서 200~300쪽 하는 가벼운 수필집도 읽지 않았던 게 현실이었다. 책 읽고 공부하는 게 꿈이라고 하면 좀 이상해 보이기도 한다. 그냥 하면 되는 것 아닌가? 맞다. 다만 지금 당장 필요하지 않아 자꾸 미뤄 두기만 하는, 그래서 언제 할 수 있을지 모르기에 단단히 마음먹고 시도해야 하는 쉽지만은 않은 일이라고 할 수 있겠다.

퇴사 이후, 후련한 마음 한편으로는 커리어가 끊긴다는 불안감이 마음 깊은 곳에 머물고 있었다. 소속이 사라지니 세상에서 나를 지켜주던 든든한 벽 없이 바람 앞에 혼자 선 기분, 내가 쌓았던 공든 탑이 하루아침에 사라진 느낌이 찾아와 문득문득 불안했다. 괜찮았다가 또 허무했다. 뭐라도 해야 했다. 때마침 중국어 통번역을 전공한 친구와 논어를 공부할 기회가 생겼다. 책도 사고 수강료도 내야 하고 매주 숙제도 있는 커뮤니티형 논어 모임이었다. '이 나이에 뭐 하러 그렇게까지 해.' 망설이면서도 다른 한편으로는 '혼자서는 절대 못할 일, 꿈이라고 했으면서도 절대 안 할 논어 공부. 지금 아니면 언제

헤.'라는 마음이 들었다. 어떻게 하는지 뭘 하는지는 모르지만 일단 한다고 해 보자.

회사를 그만두면 시간적 여유가 많이 생길 테니 읽고 싶었던 책을 실컷 읽어 봐야지 생각했으나 역시 두 아들을 키우는 전업주부의 바쁜 일상, 혼자만의 조용한 여유가 쉽게 생기지도 않지만, 그 시간에 책을 손에 잡기는 더 어려웠다. 논어 공부를 시작하지 않았다면 고전이라는 것을, 책이라는 것을 꾸준히 읽어 나갈 수 있었을까? 귀찮음을 억지로 떨쳐 내고 겨우 만난 논어는 넷플릭스 드라마를 시청할 때와는 완전히 다른 차원의 즐거움을 안겨 주었다.

한자로 된 문장을 눈으로 보고 손으로 쓰고 소리 내 읽고, 또 한국어 해석도 읽어 본다. 모르는 한자의 유래와 뜻을 찾으며 한 글자 한 글자에 들어있는 문화적인 요소, 역사적인 배경, 예나 지금이나 변함없는 사람들의 마음도 느껴본다. 공자님 말씀에 때로는 '오~ 그렇구나!' 감탄하면서도 때로는 '이런 건 너무 틀에 박힌 생각 아닌가요, 요즘은 시대가 바뀌었다고요.' 하면서 따져 물어도 본다. 내 생각들을 마음껏 풀어내다 보면 정말로 공자님과 대화하는 기분이 들 때도 있다. 몸은 우리 집 방구석에 있지만 마음은 이미 공자와 그의 제자들과 함께한다. 나의 어쭙잖은 시비에 공자님은 이런 대답을 할 것 같다고 상상하면서 논어를 읽다 보면 마치 머릿속 뉴런이 새롭게 뻗어 나가는 듯, 뇌가 역동성 있게 살아 움직이는 신기한 경험도 한다! 논어 속 한자와 그 문장들로 사색하는 즐거움이라니! 공부가 이토록 재미있어지는 순간이 왔다.

그래, 이런 게 공부구나! 공부란 정말 재미있는 것이구나! 논어를 공부하면서부터 다른 분야의 책들도 조금씩 읽게 되었다. 자기계발서, 투자 관련 서적, 소설뿐 아니라 에세이를 읽을 때도 나는 저자들과 대화하고, 내 생각을 말한다. 이렇게 책을 읽다 보니 요즘은 책 읽는 재미에 푹 빠졌다. 정말 재미있다.

논어 공부 덕에 아이들도 큰 혜택을 보고 있다. 고작 11살, 9살짜리한테 엉덩이 붙이고 앉아서 문제집 푸는 공부를 시키는 일이 싫어졌기 때문이다. 지금 나이에는 그런 방식보다 책을 더 많이 읽고, 그 속에서 상상하며 노는 즐거움을 느꼈으면 했다. 우리 집 아이들은 소파에 누워서 혹은 바닥에 뒹굴며 이불 뒤집어쓰고 책을 읽는다. 만화책도 읽는다. 그리고 내가 논어를 공부하는 방법대로 함께 사자소학도배운다. 한자를 쓰고, 외우는 것에 집중하지 않고, 궁금한 한자를 찾아보며, 관련된 이런저런 일상 이야기를 나눈다.

수능과 대학 입학을 위해서, 취업과 승진을 위해서 했던 공부도 나름대로는 열심히 해 왔다. 그렇지만 해야 하니까 했지, 재미있어서 혹은 더 알고 싶어서 자발적으로 했다고 말할 수는 없다. 무조건 외우고 풀고, 정해진 방식으로 이해하는 공부 방법이 문제였을지도 모르겠다. 지금 하는 공부는 시험이 목표가 아니어서 재미있는 것인지도 모른다. 합격 불합격이 정해져 있지 않아서 자유로운 것일지도 모른다. 하지만 이렇게 하는 공부라면 평생 즐겁게 할 수 있다는 생각이 든다. 1년에 100권, 200권 읽는 다독이나, 유식해 보이기 위해 하는 독서가 아니라, 순수하게 재미있어서 하는 독서, 그리고 일상의 순간순간 배우는 보람을 느끼는 독서를 계속하고, 그것을 통해서 성장하는 내가 된다면 참 행복할 것 같다.

⌗ 5

꿈나무 인플루언서

네이버 블로그 인플루언서 선정!

인스타그램 팔로우 5만 명!

유튜브 구독자 수 10만으로 실버버튼 획득!

이 정도면 어디 가서 '저 SNS 좀 합니다.'라고 말할 수 있겠다. 사실 있는 정도가 아니라 어마어마하게 잘하는 거다. 물론 팔로우 수나 구독자 수만으로 SNS를 잘한다고 말할 수 있는 건 아니지만 SNS 계정에 대한 성과는 숫자로 평가받는 게 가장 객관적이니까.

네이버 블로그 1일 조회수 14, 인스타그램 팔로우 134, 유튜브 채널 아직 없음.

현재 나의 SNS 상황이다. 숫자로 평가하자면 와서 읽는 사람이 있기나 한지, 방문자 수나 팔로우 수가 있으나 마나 한 수준이라 부끄럽기 그지없다.

새해가 다가오면 많은 사람이 그렇듯이 나도 그동안 뭐 했지, 떠올리며 한 해를 돌아본다. 열심히 커피 마셔서 획득한 스타벅스 다이어리에 뭘 쓰긴 썼는데 첫 한두 달만 꽉 차 있고, 갈수록 기록한 내용이 없다. 놀러 가거나 특별한 장소에 갔을 때는 분명 신이 나서 사진과 동영상을 잔뜩 찍어놨는데 정리를 하지 않아 핸드폰 저장 용량만 차지하고 있다. '저장 공간이 부족합니다. 불필요한 파일을 삭제해 주세요.' 메시지를 볼 때마다 그래, 파일도 내 마음도 정리를 좀 해야지 싶었다. SNS에 차곡차곡 쌓아만 놔도 한결 보기 좋을 텐데.

가끔 어디 가서 자기소개를 하려고 하면 "아이 둘 키우는 엄마입니다." 말고는 나를 소개할 단어가 없다는 것도 SNS를 시작한 계기가 되었다. 매일 아이들 돌보며 가끔 책보며 살며 대단한 성과를 낸 것도 없지만 기록하고 쌓이면 그 자체로 '나의 얼굴', '나의 자기소개서'가 될 수 있지 않을까?

드르륵, 핸드폰 알람이다. 요즘은 블로그 알람인가? 인스타그램

알람인가? 두근대며 기다린다. 누군가가 내 게시물에 '좋아요'와 댓글을 남겨 주면 정말 고맙다. 팔로우나 이웃이라도 맺어주면 감동이 몰려온다. 오랜만에 친구를 만나러 나가는 기분으로 신나게 달려가서 나도 댓글을 단다. '댓글 달아 주셔서 고맙습니다. 자주 인사 나누어요.'하고 말이다.

오늘은 어떤 글을 써서 올릴까? 동영상은 어떤 내용으로 만들어 볼까? 평소에 하지 않던 고민을 하게 되니 하루 종일 심심할 틈이 없다. 게시물 하나를 만들려면 새로운 기술도 배워야 한다. 동영상 촬영과 편집, 이미지 디자인 등. 아직은 익숙하지 않지만 생각보다 재미있다. 잘 만들려고 하지 않고 일단 할 수 있는 만큼만 조금씩 해 본다. 세상에 배워야 할 것이 이렇게나 많았나? SNS는 정말 내가 몰랐던 또 다른 세상이다. 아직은 게시물 하나 만드는 데 하루 종일 걸릴 때도 있다. 내용도 생각해 봐야 하고, 영상도 찍어야 하고, 예쁜 이미지로 만들어 올려야 되니까 말이다. 우습게 들리겠지만 창작의 고통이 이런 것인가 싶을 때도 있다.

"애들 앞에서는 핸드폰 좀 그만 봐."
종종 남편에게 하던 잔소리다.

"뭐가 그렇게 재미있어?"

"이것 좀 봐 봐!"

탁탁탁 찹찹 찹찹

치이익 보글보글

후루룩후루룩 까르르 까르르

'취미로 요리하는 남자'라는 유튜브 채널의 영상이었다. 도마 위 붉은 고깃덩어리와 싱싱한 야채, 그리고 요리사의 손이 크게 포커스된 화면, 스테이크가 프라이팬 위에서 맛있게 구워지는 소리, 칼로 쓱쓱 썰어서, 파스타와 함께 둘둘 말아 크게 한입 먹는 모습, 이런저런 이야기를 나누며 여럿이 행복하게 음식을 나누는 모습이 화면 가득 채워져 내 눈과 귀에 생생하게 전달되었다. 왠지 내가 친구들을 초대해 함께 음식을 나눠 먹는 기분이 들어서 마음이 포근해지고 흐뭇했다. 전에는 남들 먹는 모습을 굳이 시간 낭비하면서 뭐 하러 보나 싶었다. 그런데 내가 SNS를 시작하고 마음을 열었더니 전에 보이지 않던 것을 보게 된다. 그동안 나는 자극적이고 즉각적인 재미에만 충실할 거라고 부정적으로만 보고 있었구나. SNS가, 유튜브가 사람들에게 행복함을 주기도 하는구나. 긍정적인 가치를 전달하는 정말 멋진 수단이 되겠구나. 그래서 구독자가 이렇게 많은 거구나 이해가 되었다.

뒤죽박죽 쌓여 있다 결국 삭제되어 버리는 소중한 시간이 아쉬워 시작한 SNS였다. 물론 지금도 아주 잘 정리를 한다거나 유명 인플루언서처럼 보기 좋게 게시물을 만들지는 못한다. 다만 기록을 쌓다 보니 나도 나의 경험과 생각을 바탕으로 마음 따뜻해지는 '행복한 가치'를 창조하고 공유하고 싶다는 꿈이 생겼다. 나의 SNS를 꾸준히 가꾸어 가고, 거기에 찾아오는 사람들이 작은 행복을 느낀다면 그것만으로도 너무 신날 것 같다. 혹시 모르지, 끝까지 하다 보면 어떻게 될지. 아무튼 나는 꿈나무 인플루언서다!

6

제일 예쁠 때

당신에게 만약 10년 전으로 돌아갈 기회가 생긴다면? 최근에 드라마를 보다가 위암 선고를 받고, 남편과 친구에게 배신당하고, 처참하게 죽음을 맞이하는 여주인공을 보았다. 비극적인 죽음을 맞이하던 그 순간, 여주인공은 10년 전 같은 날로 타임슬립 한다. 아직 다 보지는 못했지만 앞으로 이야기의 흐름은 아마도 주인공이 후회스러웠던 과거의 선택을 바꾸고 보다 더 자신을 아끼며 행복을 위해 살아가는 이야기가 되지 않을까? 물론 자신을 배신한 남편과 친구에 대한 통쾌한 사이다 복수도 절대 빼먹을 수 없겠지.

드라마의 여주인공처럼 나에게도 10년 전으로 돌아갈 기회가 있다면? 문득 그런 생각을 해 보았다. 나의 10년 전은 결혼한 지 얼마 안

된 신혼부부 시절이다. 같은 회사에 다니던 남편과 함께 출근하고 열심히 일하고, 퇴근하면 우리의 미래에 대해 오순도순 이야기 나누던, 아이들이 태어나기 전으로 되돌아간다. 기억하건대 회사 업무가 조금은 손에 익어서 재미있어지던 시기였고 중요한 일들도 주도해 나가기 시작하던 때다.

왜 드라마나 영화 속 해피엔딩은 남녀 주인공의 결혼으로만 그려졌을까? 해피엔딩으로 결혼을 하고 사랑스러운 아이의 엄마가 되고 나면, 삶의 중심이 나에서 아이와 가족에게로 완전히 옮겨간다는 사실을 왜 아무도 말해 주지 않았을까? 만약 다시 서른 살로 돌아간다면 나는 어떤 선택을 할까? 갓 서른이 된 나라면 어떤 결정을 내릴지 장담할 수 없지만 지금의 나는 이렇게 말할 것이다. 비록 지난 10여 년의 시간이 때론 후회스럽고 힘들었더라도 다시 '엄마'가 되어 아이들을 키우고 함께 살아가는 것을 선택하겠다고.

볼 일이 있어 잠시 외출했다가 지나가는 버스 광고판을 보았다. 광고모델은 이효리. '넌 언제가 제일 예쁘니? 지금!' 꽤 당당해 보이는 카피 문구였다. 나보다 언니인데, 나이가 몇인데, 혼자만 왜 이렇게 계속 예쁜 거야? 질투 아닌 질투를 하다가 문득 생각했다. 난 언제가 제일 예쁜가. 기초 화장품도 귀찮아서 못 바르고, 머리는 감고 드라이도 안 한 채로 대충 말리고 나왔지만 나도 지금이 제일 예쁘고 멋진 때가 아닌가 하고 말이다.

하고 싶은 일의 목록이 다이어리 한 페이지에 가득 쓰여 있다. 사소한 것들이지만 나는 꿈이라고 이름 붙여 놓았다. 꿈이든 목표든, 크든 작든, 하고 싶은 일들이 생길 때, 그동안 엄마이기 때문에 못 한다고 지레 포기했었다. 하지만 이제는 엄마이기 때문에 더 잘할 수 있다고 자신감을 불어 넣어 본다. 혼자인 나였을 때보다 엄마인 지금 나는 훨씬 나은 사람이 되었기 때문이다. 그렇게 되도록 애쓰는 과정에서 느끼고 배운 인생은 학업과 직장 생활을 잘하기 위해 공부하고, 성공과 실패라는 이분법적 목표를 좇을 때와는 매우 다르다. 엄마라는 타이틀을 가지지 않았다면 몰랐을 것들을 생각하니 엄마가 되길 참 잘했다는 생각이 든다.

엄마로 사는 일은 일상적인 것이 대부분이라 사소하고 별것 아닌 것처럼 느껴질 때도 많다. 그러나 이 평범한 일상을 위해 귀찮고 피곤하고 때론 포기하고 싶은 순간들을 견뎌 왔고, 이겨냈고, 앞으로도 잘해 나갈 것이다. 평범함을 일구는 것이 얼마나 힘든 일인지 알기에, 내가 하는 사소한 일의 특별함과 대단함을 알기에, 내가 엄마라는 것이 자랑스럽다.

요리 잘하는 엄마

아이들과 잘 놀아 주는 엄마

아이들과 같이 책 읽는 엄마

사춘기 아이들과 대화할 수 있는 엄마

나이 들어도 건강하게 함께 여행할 수 있는 엄마

현재 그리고 앞으로도 나의 본업이라고 말할 수 있는 엄마 역할에 대한 꿈도 참 많다. 만약 10년 전의 내가 아이를 낳고 키우는 꿈을 포기했다면 지금의 나는 어떤 모습일까? 커리어 우먼으로 성장해 회사에서 고속 승진, 부장 정도의 직함을 달았을까? 사내 여성 리더로 선정되어 후배들에게 강연도 하고, 휴가 때는 남편과 같이 해외여행을 다니며 비싸고 멋진 가방과 옷을 실컷 쇼핑하면서 살았을까? 상상일 뿐이지만 아이가 없다고 해서, 엄마가 아니라고 해서 회사에서 승승장구하기도 쉽지는 않았을 것이다. 아무튼, 가보지 않은 길은 모른다. 하지만 엄마로서 많은 꿈을 가지고 살아가는 오늘의 나도 충분히 멋있고 예쁘지 않을까?

오늘의 나는 꿈을 이루기 위해 소소한 일들을 해 나간다. 작가도 되고 싶고, 인플루언서도 되고 싶고, 마라톤도 뛰고 싶고, 나만의 사업을 꾸리고 싶다. 그래서 글도 쓰고 SNS도 하고 운동도 하고 책도 읽는다. 느리지만 꾸준히 해 나가다 보면 한 발 앞에 예상치 못한 멋진 결과와 좋은 사람들이 기다리고 있을지도 모르는 일이다. 문득 『빨간 머리 앤』에서 보았던 글귀가 떠오른다.

'세상은 생각대로 되지 않는다고 하지만 생각대로 되지 않는다는 건 정말 멋진 일인 것 같아요. 생각지도 못했던 일이 일어나니까요.'

Chapter 4

꿈꾸는 하루,
오늘이 제일 좋아

강수현

1

아이패드를 샀다고?

시누이가 그림을 그려달라고 부탁했다. 그녀가 운영하는 사회적기업의 SNS 홍보게시물을 올릴 때 필요한 그림이라고 했다. 그때까지만 해도 아날로그가 좋아서 연필과 색연필, 붓과 물감으로 그림을 그렸다. 매끈한 선보다는 거친 선이, 물을 잔뜩 머금은 붓이, 깎아서 쓰는 연필이 좋았다. 하지만 아날로그 작업방식은 속도감 있게 진행되는 SNS 홍보게시물을 그리기에 적합하지 않았다. 큰맘 먹고 아이패드를 샀다. 쉽게 살 수 있는 가격이 아닌 데다가 그림을 무료로 그려주기로 했기 때문에 시누이는 깜짝 놀랐다.

"아이패드를 샀다고?"

"응."

나와 시누이는 동갑인 아이를 키웠다. 우리가 동갑내기 아이들의 성장을 공유하는 동안, 아이들은 서로의 놀이를 공유하는 사이가 되었다. 아이들은 같이 노는 걸 좋아했고 우리는 자주 만났다. 튤립이 가득 피던 어느 날, 서울숲에서도 우리는 함께였다. 높은 건물은 보이지 않고 잔디밭과 공간을 둘러싼 나무만 보였다. 아이들은 아빠들과 토끼를 보러 갔고 엄마들은 그 자리에 남아 이야기를 나누며 자유로운 시간을 보내는 중이었다.

"책을 쓰려고 하는데 언니가 그림을 그려 줄래?"

"응? 책이라고? 내가 할 수 있을까?"

"지금 기획 단계인데 출간이 안 될지도 몰라."

"그럼 한번 해 볼까?"

봄바람이 불어와 나의 마음을 간지럽혔다. 오히려 출간이 안 될 수도 있다는 점이 마음의 부담을 덜어 주었다. 처음에는 방향을 잡아 캐릭터를 만들고, 디지털 드로잉에 적응하는 과정을 거쳐야 해서 시간이 오래 걸렸다. 하지만 그림을 하나씩 꾸준히 그려나가는 동안 작업 속도는 빨라졌고 그림의 완성도도 높아졌다. 그림을 그리다 보면 어느새 아이의 하원 시간이 다가왔다. 대충 옷을 챙겨 입고 뛰쳐나가기를 반복했다. 그림을 그리는 시간과 아이와 함께하는 시간의 균형을 잡는 동안 여름이 오고 가을을 보내고 겨울이 지났다.

책은 아이가 초등학교에 입학하던 3월에 순조롭게 출간되었다. 아이가 학교생활을 시작한 것처럼 엄마도 일러스트레이터로서의 시작이었다. 북토크가 있던 날, 초등학교에 입학하는 아이처럼 새 옷에 새 가방은 아니지만, 그에 못지않게 꾸미고 집을 나섰다. 자존감이 올라가면서 발걸음이 당당해졌다. 그림이 취미인 '엄마'가 아닌 일러스트레이터인 '나'로 얼굴을 들었다. 달라진 건 겉모습이 아니라 내면이었다.

아이패드가 그대로 아이의 패드가 될 뻔한 적이 있었다. 아이가 초등학교에 입학하고 코로나로 인해 줌을 이용한 수업이 생기자, 아이패드를 활용하기 시작했다. 우리 집 골동품이 되어 가는 노트북이 느려서였다. 아이는 줌 수업 말고도 EBS 수업, 만화 등 많은 것을 보기 시작했다. 아이패드는 더 이상 내 것이 아니었다. 아이패드를 사수할 방법을 찾아야 했다. 우리 집에는 자리만 차지하고 있는 텔레비전이 있다. 결혼할 때 영화를 보기 위한 용도로 산 것인데 아이가 태어난 후로 주로 체력 고갈 상태였던 부부는 영화를 볼 시간이 없었다. 친언니가 텔레비전을 아이에게 넘기고 너는 아이패드를 온전히 가지라고 말했다. 아이 둘을 키워 낸 언니의 지혜였다. 아이는 엄청나게 큰 화면의 텔레비전을 얻고 만족했다. 어쩌다 급한 날엔, 아이가 있는 시간에도 책에 들어갈 그림을 그려야 했다. 그러면 아이가 옆에서 보고 있다가 엄마처럼 아이패드로 그림을 그리고 싶어 했다. 그럴 땐 언제든지 아이패드를 빌려주었다.

아이패드는 지금 나에게 없어서는 안 될 존재가 되었다. 그림을 그리는 모든 시간이 담겨 있고 꿈이 담겨 있다. 아이패드로 그린 그림은 책이 되었고 나는 일러스트레이터가 되었다. 책에 새겨진 '그림작가 강수현'이라는 새로운 명칭은 엄마로 살면서 낮아진 자존감을 높여 주었다. 아이패드를 구매한 비용으로 발생한 수익을 가치로 따지자면 '나'라는 회사는 이미 손익분기점을 넘었다.

2

화장대를 살 돈으로 꿈을 샀다

지금의 화장대는 결혼 전부터 쓰던 것이다. 검소한 아빠의 유전자를 물려받은 영향도 있지만, 물건에 대한 애정도 깊어서 무엇이든 한번 사면 오래 쓰는 편이다. 신혼집을 서울에서 구했는데 치솟는 전셋값 때문에 이사가 잦았다. 이사를 자주 다니는 바람에 결국 화장대는 몸살을 앓고 고장이 났다. 화장대 서랍을 열면 서랍이 레일에서 벗어나 주저앉았다. 새로운 화장대를 사기로 했다. 그런데 내 것인 줄 알았던 화장대가 내 것이 아니었다. 화장대는 화장하기 위한 본래의 쓰임을 잃고 새로운 용도로 사용되고 있었다. 아이가 좋아하는 인형, 아이가 그린 그림, 심지어 절대 버리면 안 된다는 마른 나뭇잎 같은 아이의 물건을 수납 중이었다. 정작 화장품은 욕실 수납장에 있었다. 화장대를 사려던 돈은 그대로 통장에 남았다.

책이 출간되고 무엇이든 할 수 있을 것 같았다. 그런데 일러스트레이터가 되었다고 일감이 들어오는 건 아니었다. 수입이 없었다. 남편은 직장생활을 힘들어하며 육아휴직을 쓰고 싶어 했다. 그걸 모른 척 내 꿈을 꾸겠다고 해도 될까? 안정된 일을 하면서 수입이 있을 순 없을까? 현실에 부딪혀 꿈꾸기 전으로 후퇴했다. 책을 좋아하고, 분류하는 것도 좋아하니 사서가 되는 건 어떨까? 사서가 되기 위해 자격증을 알아보고 학교를 찾고 비용을 따졌다. 외벌이 가정에서 어깨가 무거운 남편을 도와주기 위해 꿈을 꾸는 일은 안정된 직장을 찾고 아이도 더 크면 하는 것으로 미루었다. 그런데 내 마음을 자세히 들여다보니 사서가 된다고 해도 언젠가 하고 싶은 것은 늘 그림 그리기와 책 쓰기였다. 지금 시작해도 늦었는데 더 늦출 순 없었다. 나중에 남편과 아이에게 나의 희생을 구구절절한 레퍼토리로 삼지 않을 자신도 없다. 나를 위해서도 가정을 위해서도 다시 꿈을 꾸기로 했다.

화장대를 사려던 돈을 썼다. 후회 없이 할 수 있는 만큼 해 보기 위해서였다. 그래도 안 되면 그때 다른 길을 생각해 보기로 했다. 예전에는 실패가 두려워서 가지 않기도 하고, 돌아가다가 결국 길을 헤맨 적도 있었지만 이젠 그럴 시간이 없다. 그리고 화장대는 아직 필요하지 않았다. 아이가 학교에 있는 시간에 들을 수 있는 수업을 찾았다. 초등학생이 된 아이의 귀가 시간은 빨랐고 오프라인 수업을 오전에 듣는다고 해도 이동하는 시간이 있어 아이의 하교 시간을 맞출 수 없었다. 온라인으로 들을 수 있는 아이패드 드로잉 수업과 그림책 더미북 수업을 신청했다.

아이패드 드로잉 수업은 밤 10시라 아이를 수업 전에 재워야 했다. 잠자리에서 아이에게 그림책을 읽어 주는 내내 수업을 들을 생각에 설렜다. 아이가 잠들면 속으로 만세를 부른 후 잠든 아이 옆에 누워 있다가 조용히 나와 수업을 들었다. 수업에서 완성하지 못한 그림은 아이가 학교에 있는 오전에 마저 그리고 과제도 제출했다. 그림 그리는 시간은 온전히 나를 위한 것이었다. 입으로는 바쁘다고 하면서도 얼굴에는 미소가 가득했다. 나는 보름달처럼 충만해졌다.

그림책 수업은 일요일 오후 1시 남편과 상의한 끝에 교회 방학 때 하기로 했다. 교회에서 구역장 봉사를 하는 남편이 방학이면 구역장 봉사를 쉬기 때문이었다. 그런데 아이도 방학이었다. 수업은 남편에게 아이를 맡기고 들을 수 있는데 그림책을 만들기 위한 시간은 어떻게 만들어 낼까? 요리조리 궁리해도 답은 새벽 말고는 없었다. 하지만 지금까지 새벽 기상을 해 본 적이 없었다. 어릴 때부터 몸이 약해서 무리하면 병이 났기 때문이었다. 아이를 키울 때도 아이보다 일찍 일어나 밥을 한 적이 없다. 아이와 함께 일어나고 간단히 아침을 먹었다. 그런데 그 시간 외에 내게 주어진 시간이 없으니 어쩔 수 없었다. 매일 새벽에 일어나 한 시간씩 글을 쓰고 그림을 그리며 그림책을 완성했다. 부족하지만 어여쁜 나의 첫 그림책이었다.

화장대를 살 돈으로 꿈을 샀다. 지금도 그 선택을 후회하지 않는다. 화장대를 샀더라면 그림 그리는 시간으로 충만해진 나도 없고 나의 첫 번째 그림책도 없었을 거다. 지금, 이 글을 쓰는 나도 없고 다시 꿈을 꾸는 나도 만날 수 없었을 것이다. 나에게는 명품 가방이 필요 없다. 대신 좋아하는 천 가방에 노트북을 챙겨 넣는 순간, 세상에 둘도 없는 나만의 명품 가방이 된다. 노트북의 무거움은 모른 채 가벼운 발걸음으로 글을 쓰러 간다. 내가 산 꿈이 날개를 달고 훨훨 날기를 바라며.

3

엄마, 내 그림책은 언제 나와?

아이에게 꿈을 물어본 적이 있다.

"엄마, 나중에 생각해 볼래. 지금은 꿈이 없어. 근데 다들 꿈이 있더라."

"그래, 천천히 생각해도 돼."

아이는 꿈이 없었다. 아이처럼 남편도 초등학교 때 꿈이 없었다고 했다. 어른들의 질문에 과학자라고 대답했는데, 그 이유가 꿈이 없다고 하면 어른들이 싫어하고 어른들이 바라는 꿈을 말했을 때 좋아했기 때문이라고 했다. 세상이 바라는 꿈에 초점을 맞춰야 했는지도, 아니면 좋아하고 잘하는 것을 찾아볼 시간이 부족했을 수도 있다. 아이의 성장 속도가 다 다르듯이 꿈을 빨리 찾을 수도 있지만 오래 걸릴 수도 있는 거니까.

그러면 나는 어땠냐고? 부모의 기대가 덜한 둘째였다. 어릴 때부터 몸이 약해서 그저 건강하게 자라 주기를 바라셨다. 몸이 약한 것이 나쁜 것만은 아니었다. 내가 원하는 대로 꿈을 꾸며 자랄 수 있었기 때문이다. 그림 그리기를 좋아해서 미술학원이 끝날 때까지 혼자남아 그림을 그렸다. 미술학원 선생님은 열의 있는 아이로 인해 힘드셨을까, 기쁘셨을까? 당시 나는 화가가 되는 게 꿈이었다. 책 읽기를 좋아해서 작가의 꿈을 꾸기도 했다. 하지만 멋모르고 당당하게 말하던 화가와 작가의 꿈은 자라면서 뛰어난 재능을 가진 아이들을 보며사라져 갔다.

그림을 전공하고 싶은 마음도 있었지만, 언니가 미술을 전공으로 선택하자 마음을 접었다. 미술을 둘이나 시킬 정도로 집이 여유 있지 않고, 재능이 있는 것도 아니라고 생각했다. 대신 국문과를 선택했고학교생활은 만족스러웠다. 하지만 취직이 쉽지 않았다. 드라마를 좋아한다는 이유로 방송작가도 해 보고 안정적인 수입 때문에 학원강사를 하기도 했다. 그림을 포기했던 것이 못내 아쉬워 미술대학을 준비한다고 대학 조교도 해봤다. 서울에 있는 언니 집에 살면서 일러스트 학원에 다니기도 했다. 그러다 결혼하고 아이를 낳았다. 한동안은 아이를 키우느라 아무것도 할 생각을 하지 못했다. 아이가 커나가면서 여유가 생기자, 꿈이 다시 싹트기 시작했다.

그저 그림이 취미인 엄마가 혼자 간직한 꿈이었다. 그러나 책이 출간되고 용기가 생긴 나는 주변 사람들에게 조심스럽게 말하기 시작했다. 일러스트레이터가 꿈이었다고, 그림책 작가가 되고 싶다고. 처음으로 숨을 쉬듯 내뱉었고 그 말에 부끄럽지 않기 위해 부단히 수업을 듣고 그림을 그렸다. 그림책 수업을 들으면서 나의 첫 그림책이 나왔다. 아이의 겨울방학에 수업을 듣는 건 불가능할 것 같았는데 그 와중에 그림책을 만들었다는 성취감과 완성의 기쁨이 컸다. 아이는 엄마의 그림책을 좋아해 주었고 직접 그림책을 만들고 싶어 했다. 딸이 드로잉북에 열심히 그림을 그린 뒤 나에게 물었다.

"엄마, 내 그림책은 언제 나와?"

어느 날 학습지 선생님이 수업이 끝난 후 말했다.

"작가세요?"

"네?"

"아이가 엄마는 그림책 작가인데 자기도 그림책 작가가 되고 싶다고 해서요."

당황하긴 했지만 싫지 않았다. 생각해 보니 처음으로 그림을 그려서 출간한 책은 아이가 크게 관심을 보이지 않았다. 아마 책의 내용이 아이가 읽을 만한 것이 아니기 때문이었을 것이다. 오히려 아이는 책의 홍보를 위해 만든 엽서와 스티커에 더 관심이 많았다.

그러나 그림책은 달랐다. 아이는 그림책 수업을 시작하면서부터 완성되기까지 지대한 관심을 가졌다. 내가 작업할 때마다 곁에서 훈수를 두며 첫 독자로서 역할을 톡톡히 했다. 그러더니 급기야 엄마를 그림책 작가라고 소개한 것이었다. 그림책 작가라니! 생각만으로도 가슴이 뭉클하고 얼굴에 미소가 떠오른다. 게다가 아이의 꿈도 그림책 작가라니! 혼자 꾸는 꿈도 좋지만 함께하는 꿈이어서 더 좋다. 이제는 반대로 내가 아이의 꿈을 자랑스럽게 말한다. 미래의 그림책 작가인데 엄마를 뛰어넘는 훌륭한 작가가 될 거라고. 딸은 나의 사랑스러운 독자이자 경쟁자다.

꿈이 없다고 말했던 아이는 이제 꿈이 많아졌다. 그림책 작가도 되고 싶지만, 새와 고양이, 개, 오리 등 많은 동물을 키우는 사람이 되고 싶다고 한다. 그리고 유튜브도 한단다. 동물농장에서 취재를 나오면 해 주겠다나. 아이의 미래가 다양한 꿈으로 북적북적한다. 나는 그저 나의 꿈나무를 햇볕 잘 드는 곳에 심고 물을 주었을 뿐인데, 아이도 자신의 꿈나무를 심고 가꾸기 시작했다. 아이의 꿈은 쑥쑥 자라고 점점 풍성해질 것이다.

우리의 꿈나무는 어디까지 클까? 아이와 나, 그리고 사람들의 꿈나무가 모여 숲이 되려나? 피톤치드와 함께 꿈톤치드로 가득한 숲을 걷는 행복한 상상을 해 본다.

'엄마의 엄마'의 꿈

"엄마는 꿈이 뭐야?"

"현모양처였지. 우리 땐 다들 그랬어."

친정엄마는 꿈을 이루었다. 매우 훌륭한 현모양처였다. 고등학교에 다닐 때였나? 엄마는 아빠의 도시락을 포함해서 날마다 다섯 개의 도시락을 쌌다. 사 먹는 치킨이 몸에 좋지 않다고 직접 닭을 튀겨 주기도 했다. 언니와 나의 긴 머리를 아침마다 잘 땋아서 학교에 보냈다.

"엄마, 영어가 재밌어서 영어 공부하고 싶다고 하지 않았어?"

"맞아! 다시 돌아간다면 영어 선생님이 되고 싶어. 워킹맘이 되고 싶어. 그것도 쉽진 않겠지만."

그러곤 웃었다. 엄마는 엄마가 살지 않은 반대의 삶을 꿈꾸었다.

전업주부는 실컷 했으니 다른 삶을 살아 보고 싶다고 했다. 엄마가 영어 선생님이라도 좋다. 엄마가 어떤 삶을 선택하는지 상관없이 나는 엄마가 좋고 자랑스러웠을 것이다.

"엄마 지금은? 지금은 꿈이 뭐야?"

엄마는 선뜻 대답하지 못했다. 엄마는 올해 칠순이다. 작년에 눈길 위에서 넘어져 발목뼈에 금이 갔는데 6개월이 지나서야 예전처럼 걸을 수 있게 되었다. 그러고 나서도 후유증으로 다리가 부어 오랫동안 고생한 탓에, 몸도 마음도 많이 지쳤다. 나이가 든 걸 몸소 느끼는 것 같았다.

작은 도서관에서 아이들을 대상으로 하는 독서 프로그램을 신청한 적이 있다. 이야기 선생님이 책을 읽어주면 책과 관련된 발표도 하고 그림도 그리는 프로그램이었다. 프로그램이 끝나던 날 선생님이 목발을 짚고 왔다. 다리를 다쳤는데도 마지막 날이라고 아이들의 선물을 하나씩 포장해 왔는데, 아이들에 대한 사랑과 일에 대한 긍지가 느껴졌다. 선생님의 나이를 짐작했을 때 엄마의 나이쯤 되는 것 같았다. 다리를 다친 모습과 아이들을 향한 사랑이 나의 엄마를 떠올리게 했다.

나이가 든다는 건 어떤 것일까? 지금 40대가 된 나의 몸은 약해졌지만, 마음만은 더 강해진 느낌이다. 나에게 좀 더 관대해졌다고 할까. 한번은 서툰 운전 실력에도 불구하고 저녁에 아이를 데리고 음악회에 간 적이 있다. 조금 먼 거리여서 긴장했지만, 무사히 도착해서 공연을 보고 돌아오는 길이었다. 밤이라 어두워서 그랬는지 길을 헷갈려서 다른 길로 갔다. 그런데 그게 끝이 아니었다. 계속 길을 잘 못 들어섰다. 아이가 집에 갈 수 있는지를 물었다. 애써 태연한 목소리로 아이에게 대답했지만 진짜 나의 마음은 당장이라도 울 것만 같았다. 길을 세 번이나 잘못 들어선 끝에 우리는 집으로 돌아올 수 있었다. 그제야 제대로 아이를 쳐다보니 땀에 흠뻑 젖어 있었다. 왜 코트를 벗지 않았냐고 물었더니 긴장이 돼서 옷을 벗을 수가 없었다고 했다. 미안했지만 예전처럼 나 자신을 다그치지 않았다. 그럴 수도 있지. 무사히 집에 돌아왔으니 됐다고 생각했다.

지금 살고 있는 오래된 아파트에는 할머니들이 많다. 할머니들은 내가 아이를 데리고 지나가면 "아이를 키우는 때가 좋을 때야."라고 자주 말씀하신다. 맞다. 나는 좋은 때를 살고 있다. 어느 날 신문에서 배우 김혜자의 인터뷰를 보았다. 새 드라마에 출연하는데 마지막 작품이라고 생각하고 열심히 하고 싶다고 했다. 이렇게 오래 살 줄 상상도 하지 못했다고. 김혜자의 나이는 여든둘이었다. 김혜자가 칠순이 된 엄마를 보면 역시 '좋을 때'라고 말하지 않을까?

엄마는 요즘 라인댄스를 배운다. 내가 알기로 엄마는 지금껏 춤을 배운 적이 없다. 잘하고 못하고를 떠나 한 가지 분명한 것은 엄마가 라인댄스를 추는 시간을 즐긴다는 것이다. 여전히 아픈 다리가 부어도 신경 쓰지 않겠다고 했다. 엄마가 춤을 추는 걸 보니 그런 것 같았다. 라인댄스 강사님이 나이도 많은데 춤도 잘 춘다고 하면서 자극도 받는 것 같았다. 라인댄스에 대해 말하는 엄마의 얼굴이 빛났다. 나는 알 수 있었다. 엄마의 관심을. 엄마의 마음속에서 자라고 있는 희미한 꿈을. 다만 그걸 꿈이라고 부르지 않을 뿐이었다.

나이가 들어도 꿈을 꾸며 살고 싶다. 도서관에서 만난 이야기 선생님처럼 자기 일에 긍지를 가지고, 배우 김혜자처럼 오늘이 마지막인 듯이 열심히 살고 싶다. 또 칠순이 된 엄마처럼 새로운 꿈을 꾸며 살고 싶다. 마음은 더 깊어지고 오늘이 가장 좋은 때라고 생각하면서 아이에게 아름다운 엄마로 기억되고 싶다.

(5)

작은 꿈이라도 꾸다 보면

유머러스한 사람이 되고 싶다. 삶이 힘들 때 삶의 무게를 가볍게 해줄 수 있는 유머러스함을 장착하고 싶다. 친정엄마는 내게 그것도 노력해야 하는 거라고 유머가 없는 사람이 당장 그렇게 할 수 없는 거라고 했다. 내가 세상 진지한 사람인 걸 엄마도 아는 거다. 그래도 내게 유머 감각이 전혀 없지는 않았다. 여유가 있을 때면 아이의 실 없는 농담도 받아 주며 아이와 함께 웃었다. 그래, 나에게 필요한 건 여유였다.

세상은 빠르게 돌아간다. 당장 무언가를 해내야 할 것 같고 눈에 보이는 것을 내놓아야 할 것 같다. 휴대전화를 손에 쥐고 오늘을 검색하고 내일을 염려한다. 그러다 보면 정작 나에 대해 생각할 시간을 놓치고 만다. 뒤돌아볼 여유는 없다. 완성되지 못한 마음을 남긴 채 앞으로 나아간다. 하늘의 별을 보고 땅에 핀 잔꽃들을 볼 틈이 없다.

아이는 별을 잘 찾았다. 그것이 인공위성이라 할지라도. 차 안에서도, 집으로 돌아오는 길에서도, 그리고 집 베란다에서도 별을 아주 잘 찾아냈다. 길을 가다가 땅에 핀 이름 모를 꽃들도 한참을 바라보았다. 내가 빨리 가자고 재촉할 때도 아이는 별과 꽃을 보느라 걸음을 멈추고 생각에 잠겼다. 덕분에 아이와 함께 나도 빛나는 별을 보고 어여쁜 꽃을 보았다. 나의 발걸음이 아이에 맞춰 느려진다. 느린 시간이 빼곡히 채워졌다. 그동안 빠르게 지나치느라 숭숭 구멍 난 마음이 메꿔지며 나는 아이와 함께 웃었다. 아이도 나도 만족스럽다. 내가 여유가 있어 아이와 웃은 게 아니라 아이가 여유를 주어 우리가 웃었다. 아이가 준 여유를 천천히 꼭꼭 씹어 삼킨다.

어느덧 한 해의 마지막 달인 12월이 되었다. 일러스트레이터로 데뷔한 첫 책이 출간되고, 겉으로는 아무 일도 일어나지 않고 한 해가 가 버리는 것 같았다. 내심 이렇게 한 해가 끝나나 하고 조바심이 나던 때였다. 목사님에게 출간 소식을 전했는데, 책의 그림을 유심히 본 후 내게 물었다.

"소식지 일러스트 봉사해 보실래요?"

아이의 겨울방학에 그림책 수업까지 신청해 놓은 상태라 감당할 수 있을지 걱정이 되었지만, 이런 기회가 흔치 않기에 기꺼이 하겠다고 했다. 그림도 그릴 수 있고 봉사도 할 수 있는 일석이조의 기회였다.

소식지는 매달 나왔다. 그 말은 내 이름을 건 그림이 달마다 인쇄되었다는 뜻이다. 기쁨이 다달이 배달된다. 책은 오랜 시간 공을 들여 출간되니 커다란 기쁨을 오래 주지만, 소식지처럼 소소한 기쁨을 자주 주는 것도 좋다. 책 출간이 행운이었다면, 소식지는 행복인 느낌이랄까? 잊을만하면 인쇄되어 내 마음의 문을 두드린다. 문을 열면 작은 택배 상자에 작은 행복이 소중히 담겨 있다.

어릴 때 안고 자던 토끼 인형처럼 작은 것이 좋다. 산책하다가도 붉게 물든 아기 단풍잎에 더 마음이 가고, 나무 계단 틈새에 쏙 들어간 작은 도토리를 찾는다. 과일잼이 들어 있었던 작은 유리병, 아이가 흘리고 다니는 반짝이는 스팽글, 화분에서 이제 막 나온 새싹이 집 안 곳곳에서 작고 귀여운 존재감을 드러낸다. 작은 것을 발견하는 즐거움과 기쁨이 있다. 아이가 처음 태어났을 때 손과 발이 기억난다. 병원에서 손가락과 발가락을 확인시켜 주었는데 정상이어서 다행이라는 생각보다 '어쩜 이렇게 작지!'가 먼저였다. 지금도 아이의 손은 여전히 작지만 내 손을 잡아 주기에는 충분하다. 작은 손이 주는 따뜻함과 감동이 있다.

뒷산에 가면 매화나무 사이에 살구나무가 몇 그루 있는데 봄에는 무엇이 매화이고 무엇이 살구인지 알 수가 없다. 매화와 살구의 꽃이 서로 닮았기 때문이다. 여름이 되어야 매실이 열리면 매화나무이고 살구가 열리면 살구나무인 걸 알 수 있다. 꿈도 나무와 다름없다. 작은 꿈이라도 꾸다 보면 어느새 자라 커져 있다. 자라는 것이 눈에 보이지 않아도 조금씩 조금씩 커나간다. 겨울에 꽃눈이 보이면 봄에는 반드시 꽃이 피고 때가 되면 열매를 맺는다. 어떤 나무인지는 열매를 보면 안다. 열매를 열기까지 작은 꿈들을 꾸어 보자. 거창하지 않아도 좋다.

6

눈부시게 아름다운 엄마의 꿈

지금 살고 있는 아파트는 30년이 되어가는 오래된 아파트다. 그러다 보니 나무들도 오랫동안 자리를 잡아 키도 크고 제법 웅장하다. 특히 후문으로 나가는 길에는 커다란 메타세쿼이아 나무가 줄지어서 있는데, 아이를 유아차에 태워 낮잠 재우며 걷기에 좋은 곳이었다. 그 길을 걷다 보면 육아로 지친 마음에 산들바람이 부는 것 같았다. 아파트 사이사이 과실나무엔 가을마다 열매가 열려 더욱 정겹다. 산수유나무, 꽃사과나무, 상수리나무의 열매는 아이의 놀잇감이 되어 주었다. 종종 산수유나 꽃사과를 따서 놀이터 계단 위에 놓고 소꿉놀이도 하는데 열매는 음식이 되기도 하고 파는 물건이 되기도 했다. 바람 부는 날 놀이터에 앉아있으면 도토리 떨어지는 소리가 들린다. 도토리가 떨어지면 아이는 신이 나서 이리저리 도토리를 줍느라 바쁘다. 톡 때구루루 떨어지는 도토리 소리에 오래된 아파트의 단점 따위는 잊는다.

아이가 유치원에 다닐 때였다. 아파트에 사다리차가 들어오고 나무를 정리하기 시작했는데, 가지를 쳐내는 정도가 아니라 나무의 윗부분을 모두 잘라 내는 것이었다. 큰 나무의 기둥이 거침없이 잘려 나갔다. 아이를 재우며 걷던 메타세쿼이아 길은 사라졌다. 메타세쿼이아 나무는 한동안 몇 개의 잎만 간신히 달고 힘겹게 숨 쉬고 있는 것 같았다. 다른 나무들도 앙상한 가지만 남아 이대로 죽는 건 아닌지 걱정이 되었다.

아파트에서 나무를 정리하고 난 다음 해 봄, 홍매화나무가 앙상한 나뭇가지에 한두 송이 꽃을 피웠다. 모진 아픔을 겪고서도 기특하게 진분홍빛 꽃을 피워냈다. 그 생명력에 가슴이 뛰었다. 홍매화나무의 꽃이 더 귀하고 소중하게 느껴졌다.

생각해 보면 나도 그 나무와 다르지 않았다. 아이가 태어나고 나라는 존재가 잘려 나간 것 같았다. 정성스레 손질 당한 것이 아니라 커다란 나무의 기둥이 잘리듯 거침없이 잘렸다. 아이라는 존재는 너무 사랑스러운 나머지 나라는 존재를 지우고 내 삶의 전부가 되었다. 나의 욕구보다 항상 아이의 욕구가 먼저였다. 아이를 먹이느라 내 음식은 대부분 식었는데도 아이가 잘 먹으면 그게 기뻐서 찬 음식도 감사히 먹었다. 하지만 나라는 존재가 잘린 채로 버티기가 점점 버거워졌다. 종일 아이와 있는 동안 우울함이 정기적으로 배달됐다. 나만의 시간이 절실히 필요했지만, 아이가 잘 때 같이 잠들기에 바빴다. 나를 챙길 시간이 절대적으로 부족했다.

아이가 어린이집에 가기 시작하자, 조금 숨통이 틔었다. 엄마들과의 교류로 독박육아를 면했지만 나를 온전히 찾는 느낌은 없었다. 여전히 나는 엄마였다. 아이를 어떻게 하면 잘 키울지에 대해 고민하고 이 시기를 어떻게 하면 잘 보낼까에 대해서 생각했다. 오늘은 뭘 먹일까? 뭘 입힐까? 내가 어떻게 도와줘야 할까? 온통 아이에 대한 고민으로 가득 찬 일상에서 나를 위한 시간은 찾기 힘들었다. 아이에게 많은 시간을 할애한 만큼 그 시간의 무게를 감당하지 못해 마침내 주저앉았다. 힘들 때마다 내가 만약 결혼하지 않았더라면, 아이가 없었더라면 하고 생각하곤 했다.

아이는 너무 예뻤다. 이런 아이라면 한 명 더 있어도 좋겠다 싶은 마음이 들었을 즈음 둘째가 생겼다. 아이가 잠들면 아이를 안고 걸어야 하는 임산부가 되었다. 힘들어도 하원 시간에 맞춰서 아이를 데리러 가고 놀이터에서 놀고 있는 아이를 기다렸다. 마흔의 임산부였는데 방심했던 걸까? 결국 한 달간의 병원 생활 끝에 둘째를 잃었다. 아이가 다섯 살 때였다. 내가 병원에 누워있는 동안 할머니들과 번갈아 가며 지냈던 아이가 애처로웠다. 나에게 남겨진 아이가 너무 소중했다. 당연한 줄 알았던 엄마의 삶은 당연한 게 아니었다.

결혼하지 않았더라면, 아이가 없었더라면 지금의 나는 없다. 나라는 존재를 엄마로 만들어 준 아이에게 감사한다. 아이는 나를 풍성하고 깊게 만들어 주었다. 아이와 함께 멈춰서 아이의 눈으로 세상을 바라보게 해 준다. 아이가 학교에 있는 동안 엄마의 시간을 절대 허투루 쓰지 않게 해 준다. 엄마가 읽어주는 책이 재밌다는 아이가 있어서 매일 그림책을 읽으며 그림책 공부를 쉬지 않았다. 나를 잃지 않으려고 했지만, 엄마로서의 나도 나였다.

시간은 더디게 흐른다. 병아리는 태어나자마자 걷고 혼자 먹는데, 인간의 아이는 혼자 무언가를 하기까지 오래 걸린다. 그 덕에 엄마는 오랫동안 자유롭지 못하다. 아이가 잠들어도 깰까 조심조심 움직이고, 아이를 혼자 두고 외출할 수도 없다. 잘린 나무처럼 볼품없게 느껴져 답답한 마음에 눈물도 난다. 하지만 그 자리에서 꿋꿋이 할 수 있는 일들을 찾는다. 아이를 기르는 건 체력이라면서 운동을 배우기도 하고, 틈틈이 책을 읽고 글을 끄적이기도 한다. 새벽에 일찍 일어나 움직이고 아이가 잠든 밤에 꿈을 꾼다. 꿈을 한두 송이 내어 본다. 엄마의 꿈은 아직 소소하지만, 언젠간 풍성하게 피어날 것이다.

올해 봄, 다시 꽃피울 홍매화는
눈이 부시도록 아름다울 예정이다.

Chapter 5

상상하고 실험하며 사랑하는 삶

박상미

① 물방울이 바위를 뚫는다

결혼 후, 3년여의 시간이 지나고 산부인과에서 엄마가 되기 위한 몇 가지 검사를 받았다. 며칠 후, 그날도 여느 때처럼 특별한 이벤트 없이 보통의 날을 보내고 있었다. 검사 결과가 나왔다는 한 통의 전화를 받고 나는 병원을 찾았다. 그리고 심각한 표정으로 검사 결과를 설명하는 의사의 말을 듣게 되었다.

"환자분, 난소 호르몬 수치가 너무 낮습니다. 이 정도 수치면 자연 임신 가능성은 희박하고, 시험관 아기 시술도 결과를 장담하기 힘듭니다."

"네? 제가요?"

"되도록 빨리 시험관 아기 시술을 시도하셔야 합니다."

"……."

다음 달부터 나는 시험관 아기 시술을 시작하게 되었다. 고용량 주사를 맞아도 난소가 잘 반응하지 않아 난자를 채취하는 것 자체가 나에게는 큰 도전이었다. 어떤 병원에서는 다른 사람의 난자로 임신을 시도하는 난자 공여 방법을 이야기하기도 하고, 또 다른 병원에서는 임신은 둘째치고 건강관리나 잘하면서 살라는 식의 말을 내뱉었다. 물론 의사들은 어떠한 악의나 사심 없이 의학적 소견을 설명한 것이었지만, 머리로도 마음으로도 이 상황을 받아들이기는 어려웠다. 26살, 젊은 나이에 들었던 엄마로서의 사형선고 같은 말들은 나를 깊은 우울의 늪으로 밀어 넣었다. 전국에 소문난 TOP 5 난임 병원은 안 가 본 병원이 없었다. 내가 왜? 이렇게 건강한데, 아이를 못 갖는다고? 다른 사람의 난자를 공여하라고? 슬픔을 넘어 엄청난 분노가 나의 몸과 마음에 휘몰아쳤다.

좋다는 병원은 다 다니며 어떻게든 방법을 찾아보려고 했지만, 희망은 쉽사리 곁을 내어주지 않았다. "검사 결과 비임신입니다." 여러 번의 시험관 아기 시술 끝에 마지막 시도라고 생각했던 시술에 실패하고 집으로 돌아오던 날, 바닥이 꺼진 건지 내가 밑으로 꺼진 건지 구분이 안 될 만큼 가라앉은 기분으로 바닥에 껌처럼 들러붙은 몸과 마음을 간신히 이끌고 집에 도착했다. 침대 베개에 그대로 얼굴을 파묻고 소리도 내지 못하고 하염없이 울었다. 너무 울어서 몸에 있는 액체가 다 빠져나가 몸에 물기라고는 남아 있지 않은 듯, 나는 시들어가고 있었다. 지친 몸과 마음을 부여잡고 지내기가 하루하루 버거워지던 어느 날, 정말 이러다가는 내 인생이 구렁으로 떨어질 것 같은 위기를 느꼈다. 지푸라기라도 잡아야겠다는 심정으로 나는 나를 살리고 치유하는 여정에 한 걸음씩 발을 내디뎠다.

그렇게 치유의 여정을 걸어가다 마음의 춤을 만나게 되었다. 마음의 춤에는 여러 접근법이 있다. 그중에서도 융의 분석심리학에 영향을 받은 무용 치료의 선구자 메리 화이트하우스(Mary Whitehouse)가 개발한 어센틱 무브먼트(Authentic Movement)가 있다. 이는 정해진 동작을 따라 하는 것이 아니라, 눈을 감고 몸이 움직여지는 대로 마음이 이끄는 대로 허용하는 움직임이다. 활동적 명상이라고도 하는데, 움직이는 사람과 관찰자로 나뉘어 움직이는 사람(mover)은 음악도, 형식도 없이 그저 마음이 가는 대로 몸의 움직임을 허용하고 따라간다. 관찰자(witness)는 판단이나 해석을 하지 않고, 움직이는 사람의 움직임을 관찰하고 읽어 준다. 움직임을 하며 일어나는 상징과 의미를 발견하며 자기 무의식의 깊은 세계를 탐험한다.

치음에는 주변의 소음도 들리고 다른 사람들의 존재도 의식하게 된다. 얼마나 시간이 지났을까, 눈을 감고 호흡과 몸의 감각을 느끼며 나에게 온전하게 집중한다. 그리고 고요함 속에 머문다. 조금씩 상체를 아래로 숙이기 시작한다. 엎드려서 이마를 바닥에 대고 척추를 축 늘어뜨리고 있다. 한참을 바닥에 엎드려 있다가 척추를 조금씩 쌓아 올리듯 세우며 손을 천천히 하늘을 향해 뻗어 올린다. 이어서 양팔은 무언가를 찾아 헤매듯이 허공을 휘젓다가 가슴에 모아 품어 안고 운다. 이런 동작이 몇 번이고 반복된다. 움직임을 이어가다가 마음속에 선명한 하나의 이미지가 밑에서부터 떠오른다. 달빛이다. 그 빛은 내 몸 전체를 비추는 듯하고, 따뜻한 온기가 나를 포근하게 감싼다. 나는 천천히 무릎을 꿇고 평온하게 두 손을 합장하며 움직임을 마무리한다.

그 이후 내 삶에는 조금씩 변화가 찾아오기 시작했다. 달빛이 몸 전체를 은은하게 감싸안아 주는 내적 이미지의 변화는 자신을 대하는 태도와 몸의 실제 체온마저 바꿔 놓은 듯했다. 계속해서 아프리카 댄스, 살사, 블랑쉬 에반의 춤, 5리듬, 쿤달리니 동적 명상 등 다양한 춤을 추고 마음 챙김 명상을 하는 삶을 이어갔다. 그러다 학문적으로 더 깊이 치유에 관한 공부를 하고 싶어 대학원에서 무용 치료를 전공하게 되었다. 그리고 수업 시간에 바닥 움직임을 탐색하던 어느 날,

나는 내 몸이 평소와 다르다는 것을 느끼고 약간의 미열과 체함을 동반한 몸살을 앓았다.

　임신이었다. 자연스럽게, 기적 같은 생명이 내 인생에 찾아왔다. 모든 것을 내려놓고 몸과 마음이 흘러가는 대로 춤추고 명상하며 살아가던 어느 날, 세상 어느 것과도 바꿀 수 없는 귀한 아이가 나를 만나러 왔다. 나는 그렇게 꿈에 그리던 엄마가 되었다. 인생에서 무언가를 이토록 간절하게 원하고 소망했던 적은 없었다. 지금 나는 엄마로 살며, 그 꿈을 살아가고 있다. 삶은 사람의 생각과 지식으로는 다 담아낼 수 없는 신비로움으로 가득하다. 치유란 한순간 번개와 같은 찰나이기도 하지만, 바위 위로 떨어지는 물 한 방울처럼 더디기도 하다. 그럼에도 더디 떨어지는 물방울이 언젠가 단단한 바위를 뚫는 날이 오더라.

2

행복함과 버거움의 롤러코스터를 타고

엄마가 된 지금, 나는 꿈을 이루었다. 꿈을 이룬 사람의 삶은 그 간절했던 마음만큼이나 완벽하게 순조로운 것들로만 가득하면 좋으련만. 현실은 그리 녹록지 않았다. 딸아이가 읽는 동화책의 주인공들은 고난을 극복하면 잔잔하고 행복한 결말을 맞이하던데, 나라는 주인공이 사는 이야기는 그 전개도 맥락도 종잡을 수 없다. 엄마로 살아가는 삶은 달콤함과 쌉싸름함이 얽히고설킨 이야기다.

임신과 동시에 대학원을 휴학하고, 3년이나 공부에 손을 놓고 있었다. 아기를 기르는 것은 너무 감사하고 복에 겨운 일이었지만, 마음 한구석에는 복학해서 공부를 이어가고 싶은 마음이 고개를 들기 시작했다. 아이가 세 살이 되어 어린이집에 다니게 되었을 때, 더 미루면 복학의 기회는 물 건너가고 학업을 아예 놓아 버릴 것 같아 눈 딱 감고 복학 신청을 했다. 지난 몇 년간 육아에 맞추어져 있던 뇌는 복학 후에 육아와 공부, 일을 동시다발적으로 수행하며 그 용량과 기능을 최대치로 끌어올려야 했다. 숨이 턱 끝까지 차올랐다. 그런데, 화장실에 숨어서라도 공부하고 싶은 만큼 눈물 나게 행복했다. 공부가 이렇게 재미있을 수 있구나. 또 내가 이렇게 행복할 수 있구나. 나를 보고 활짝 웃는 아기의 보드라운 볼살을 만지며 인생 최고의 전성기를 누리면서도, 엄마라는 역할과 나라는 자아 사이에서 갈팡질팡하며 발버둥 쳤다. 행복함과 버거움의 롤러코스터를 무한 반복해서 타는 느낌이랄까.

나를 살리기 위해 시작했던 심리치료 공부는 책도, 강의 내용도 기대 이상으로 재미있었다. 사람의 뇌가 죽을 때까지 변화한다는 뇌의 신경 가소성, 몸과 마음의 긴밀한 유기성, 몸과 마음, 의식이 통합적으로 연결되어 변화하는 치유의 맥락 등. 사람의 내면과 삶이 치유되고 회복되는 여정은 재미있는 소설책을 읽어 내려가듯, 나를 빨아들였고 흥미로웠다. 그런데 공부하는 대학원생의 자리에서 잠깐 비켜서면 '맞아, 나 엄마지.' 하는 엄마로서의 목소리가 귓가에 울려댔다. 대학원 수업이 있는 날에는 엄마를 기다리다 아빠 품에서 잠들었을 아이를 생각해서라도, 아랫입술을 질끈 깨물고 공부에 집중하려고 마음을 다잡았다.

남편은 착하고 좋은 사람이었지만, 바쁜 회사 일로 얼굴 보기가 쉽지 않았다. 시댁과 친정 양가 어른들도 육아에 도움을 주실 상황이 되지 못했다. 기적같이 이룬 엄마의 삶은 육아와 공부, 일을 병행하며 치열하게 하루하루를 살아가는 날들의 연속이었다. 중요한 일이나 과제를 준비할 때마다 아이는 열이 오르기 시작했고, 열이 펄펄 끓어서 우는 아이를 밤새 돌보며 학업과 일을 해 나갔다. 딸아이와 나는 아프면서 함께 커 갔다. 한 손에는 아이를, 다른 한 손에는 논문을 붙잡고 여러 밤을 하얗게 지새웠다. 이 시기에 내 인간성의 민낯을 여실히 마주하면서 가장 행복하고도 고통스러운 순간을 동시에 경험했다.

엄마라는 꿈을 이룬 지금, 내 안에 새로운 꿈이 말을 걸어온다. 저녁밥을 준비하면서, 운전하면서도 머릿속에 재미있는 상상이 펼쳐진다. 혼잣말을 중얼거리고 갑자기 실없이 웃기도 한다. 마치 다시 사랑에 빠진 듯, 정말 오랜만에 가슴이 뛰고 벅차오른다. 여러 이유와 핑계로 덮어 두기에는 내 가슴이 내는 소리가 너무 뚜렷하다. 어느 날, 거울 속에 비친 내 얼굴을 보고 말한다.

"요즘 새로운 생각과 충만한 감정이 많이 떠올라."

"그러면 그것들을 구체적이고 단계적으로 실행해 봐."

"응, 알겠어. 내 안에 있는 용기의 힘을 믿고 하나씩 저질러볼게."

 최근에 내 삶 주변으로 창조성이 가득한 사람들이 모여들기 시작했다. 히말라야에서 깨달음을 얻어 스님이 되려다 다시 교사로 살며 교육적 실험을 하는 언니, 가난에서 벗어나고 싶어 혼자 떠난 여행에서 영적 스승을 만나 주변에 배움의 기쁨을 알려 주며 살게 된 친구, 숲속에서 인간과 자연이 만나는 문화공간을 만들어가는 언니, 하고 싶은 것을 그리면 기도처럼 이루어진다는 믿음으로 그림을 그리는 언니까지. 우리는 나이도, 사는 곳도 다르지만 가슴에 품은 꿈을 향해 삶을 살아가는 사람이라는 공통점이 있다. 그 꿈은 어떤 도형이라고 정의 내릴 수 없을 만큼 다양한 모양이지만, 내면의 울림을 따라 자기만의 꿈을 빚어 가는 모습이 닮았다.

 마음이 울리는 곳으로, 몸이 이끄는 삶으로 나아간다. 그 길은 뻥 뚫린 탄탄대로가 아닐지도 모르겠다. 어쩌면 좁고 외진 길에 더 가까울지도. 그래도 괜찮다. 길 끝에 있을 아름다움의 문이 활짝 열릴 것을 믿기에.

바람이 불면
낙엽이 떨어진다.

낙엽이 떨어지면
땅이 비옥해진다.

땅이 비옥해지면
열매가 여문다.

차근차근 천천히.

– 영화 〈인생 후르츠〉 중에서 –

3

나뭇가지로 땅을 파던 아이

따뜻한 햇살이 내려앉은 작은 마당에 한 꼬마가 쪼그리고 앉아 있다. 아이의 자그마한 손에는 나뭇가지가 들려 있고, 손과 발은 흙투성이다. 작은 얼굴이 별꽃처럼 빛난다. 아이는 열심히 땅을 파고 또 판다. 시간이 얼마나 흘렀을까? 땅속에서 누군가 고개를 쏙 내민다. 지렁이다. 엄청난 일이 일어났다! 아무것도 없는 땅인 줄 알았는데, 누군가의 집이었나보다. 아이의 두 눈은 호기심과 경이로움으로 가득하다.

어느 날, 심리학 워크숍에서 강사는 이런 이야기를 했다. "상미 선생님, 자기 사명을 깊이 알고 싶으면 생애 최초의 선명한 기억을 한 번 떠올려 볼래요?" 꽤 신선한 접근이라는 생각이 들었다. 생애 최초의 기억? 나의 사명? 나는 반신반의하며 안내에 따라 눈을 감고 내 오래된 기억을 더듬어 찾아가 보았다. 그곳에서 나는 이 꼬마 아이를 만나게 되었다. 마치 영화 속 한 장면처럼 명료하게 떠오른 이 기억은 나의 진짜 꿈을 찾을 수 있는 단서가 되었다. 내가 그토록 찾아 헤매고 꿈꾸던 것은 엄청난 업적을 이루는 것도, 대단한 사람이 되는 것도 아니었다. 답은 이미 내 안에 있었다.

이 기억 속에는 '호기심', '경이로움', '생명', '만남'이라는 단어들이 스며 있었다. 이 단어들을 머금어 돌이켜 보면, 지금껏 나를 이끌어 준 삶의 태도이자, 중요한 선택의 기준이었다. 대학을 졸업하고 대안학교에서 장애를 포함한 다양한 교육적 요구를 가진 아이들을 존중하는 교육을 꿈꾸었을 때, 상담 현장에서 마음의 감기를 앓고 있는 이들과 만났을 때도 이 단어들은 그들과 진정으로 만날 수 있는 다리가 되어 주었다.

그 다리 위에서 함께 하는 이들과 마음의 춤을 추고 노래를 부르며 크게 소리를 질러보기도 했다. 자기만의 몸짓과 소리를 잃어버린 사람들이 고유의 움직임과 목소리를 회복하여 삶을 가꾸어 나가는 여정은 황홀했다. 마음이 가는 대로 자유롭게 몸으로 그림을 그리고, 대자로 누워 하늘을 올려다보며 쉬었다. 어느 날은 다리 위에 하염없이 비가 내려 온몸이 흠뻑 젖는 날도 있었지만, 비 온 뒤에 눈부시게 아름다운 무지개를 만나기도 했다. 때때로 두려움의 그늘이 드리우고 불안의 파도가 출렁이기도 하지만, 여전히 그 다리는 견고하게 자리를 지키고 있다.

살아온 기억을 떠올리며 여러 층위의 껍데기를 걷어 내고 오롯이 내 안을 들여다보았다. 그 안에는 자연이라는 친구가 나를 기다리고 있었다. 삶에서 자연은 늘 말없이 곁에 있어 준 친구였다. 위로가 필요한 날에는 수줍음 많은 달팽이가 손바닥에 그려 준 그림을 바라보며 마음을 달랬고, 억울하고 화가 나는 날에는 애꿎은 나무에 작은 조약돌을 던지며 투덜거렸다. 드넓은 하늘을 바라보며 숨을 들이마시고 내쉬면 크게 느껴졌던 고민이 먼지처럼 작아졌다. 내 키보다 높은 바위에서 뛰어내릴 때면 마음속 두려움보다 훨씬 키가 큰 사람이 된 것 같았다.

손과 발이 흙투성이던 아이는 이제 어른이 되었다. 땅을 파던 열정과 작은 생명을 마주했던 경이로움으로 새로운 꿈을 꾼다. 우리가 발딛고 있는 이 땅은, 아무것도 없는 곳이 아니라 누군가의 소중한 집이라는 사실을 기억한다. 그리고 되뇐다. 지구는 누군가의 집이며 곧 내 집이라고. 내가 그곳으로부터 왔고 언젠가 그 품에 안기게 될 것이라고. 지구별에 '삶'이라는 여행을 온 이유가 있다면, 그 이유와 세상의 필요가 만나는 지점에 나의 꿈이 꿈틀거리며 자라나게 되리라. 나에게 꿈이란, '누구'처럼 되어야 하는 것도, '무엇'이 되는 결과적 의미도 아니다. 꿈은 살아 움직이는 생명이다. 꿈을 따뜻하게 바라봐 주는 온기와 한 줌의 흙과 바람, 흐르는 물이 있다면 꿈은 스스로 자라날 수 있다.

꿈을 재촉하고 경쟁을 부추기는 도떼기시장 같은 현실에서도 나만의 속도와 리듬을 느끼며 꿈을 지켜 가고 싶다. 그 꿈이 세상의 속도보다 느리고, 때로는 뒤처진 것처럼 보이더라도. 내가 하는 행위들이 가끔은 머리로 이해되지 않고, 효율적이지 않아 보여도. 길이 없으면 길을 만들면서 나아갈 것이다. 오래된 인생의 첫 기억을 음미하며 아이의 속삭임에 귀를 기울인다. 어디선가 나지막한 노랫소리가 들려온다. 그 노랫소리에 맞춰 삶의 움직임을 시작한다.

4

삶의 시공간은 초록빛으로

"오빠, 언젠가 아기가 생긴다면, 이곳에 꼭 다시 오자."

2015년 여름, 남편과 함께 떠난 인도 여행에서 우리는 미래를 약속했다. 만약 아기가 생긴다면 꼭 이곳에 다시 오기로. 그로부터 8년의 세월이 흘러 그 약속을 지킬 수 있게 되었다. 어느새 우리는 부모가 되었고, 아이는 배낭여행을 할 수 있을 만큼 훌쩍 자라 있었다. 남편은 4개월의 짧은 육아휴직을 받았다. 아하, 그럼 뭘 망설여? 떠나자! 지난여름, 그렇게 온 가족이 뒤도 돌아보지 않고 인도행 비행기에 몸을 실었다.

우리의 주머니 사정은 가벼웠지만, 훌쩍 떠날 수 있는 기회를 놓치고 싶지 않았다. 그렇게 100여 일의 빈 캔버스가 우리 삶에 주어졌다. 앞으로 이 캔버스에 무엇을, 어떻게 그려나가게 될까? 낯설지만, 텅 빈 감각이 싫지 않았다. 인도의 여름은 목구멍에 욕이 차오를 만큼 더웠고, 계속해서 달려드는 모기떼의 습격과 온몸에 붙어 있는 습기는 지독했다. 당장이라도 한국에 돌아가고 싶을 만큼 날씨는 무시무시했지만, 눈부시게 아름다운 것들이 우리의 발걸음을 붙잡았다.

인도 남부 타밀나두주에는 전 세계에서 가장 큰 국제 생태 공동체인 오로빌(Auroville)이 있다. 우리는 주로 이 공동체에서 시간을 보냈는데, 오로빌은 주민으로 사는 오로빌리언을 비롯하여 전 세계에서 온 수많은 사람이 머무는 곳이었다. 이곳에는 삶을 흘러가는 구름처럼 살아가는 히피와 예술가들, 영적인 구도자들, 전 세계에서 온 자유로운 배낭 여행객들, 자연을 닮은 사람들이 어우러져 살아가고 있었다. 그 피부색과 다른 옷차림만큼이나 이곳에 머무는 이유도, 삶의 모습도 다양했다. 어떤 사람은 아픈 몸을 치유하러 왔다고 했고, 또 어떤 이는 자기 자신을 만나러 왔다고 했다. 그럼 나는 왜 그토록 이곳에 다시 오고 싶었을까? 뜬금없이 '왜'라는 질문을 던지기 시작했다. 사는 게 바빠서, 일상을 살아내느라 그동안 던지지 못했던 수많은 질문이 세포 구석구석에서 소리치는 것 같았다.

좋아, 일단 내 몸이 가고 싶은 곳에 가 보자. 그렇게 발길이 닿은 곳이 'Terra Soul Community'라는 퍼머컬처 농장이었다. 퍼머컬처 (Permaculture)는 지속 가능한 지구를 위한 농업과 문화를 만들어간다는 뜻이다. 자연에서 발견되는 관계와 패턴을 반영하여 체제에 의존적인 소비자에서 나아가 스스로 시스템을 설계하고 만들어가는 창조적이고 생태적인 삶의 방식을 말한다. 농장 대표 후안은 퍼머컬처에서 중요하게 여기는 세 가지를 설명해 주었다. 하나는 땅, 물, 숲을 지키며 지구를 돌보는 것이고, 둘은 사람을 돌보는 것, 셋은 공정하게 주고받는 것이었다. 이는 단순히 농업에 대한 관점을 넘어 지구에서 삶을 살아가는 중요한 가치에 대한 것들이었다.

나는 인도에 머무는 동안, 주로 이 농장에서 많은 시간을 보냈다. 그러면서 내가 던진 질문에 대한 답을 어느 정도 찾을 수 있었다. 어느새 삶의 텅 빈 시간과 공간은 연하고 짙은 초록빛으로 점점 채워져 갔다. 아침에 눈 뜨면 농장에 가고, 오후에는 하고 싶은 것들을 느슨하게 했다. 유연하면서도 단순한 생활 리듬이 자리를 잡아갔다. 삶의 시간표를 직접 짜고, 그 빈칸을 원하는 것들로 채워나가는 자율적이고 주도적인 삶의 감각이 깨어나고 있었다. 무엇을 정신없이 따라가거나 등 떠밀려 살아가는 것이 아니라, 정말 '지금-여기'에서 삶을 살고 있다는 느낌으로 가득했다.

농장 정원에서 오리들은 사이좋게 줄지어 산책하고, 어미 소는 송아지에게 평화롭게 젖을 물렸다. 강아지는 농장 이곳저곳을 천방지축 돌아다니며 장난을 치고, 딸아이는 파파야나무에서 연한 잎을 떼어 목 빠지게 기다리고 있는 송아지에게 가져다주었다. 바나나나무의 잎 사이에서 작은 뱀이 휴식을 취하고, 카멜레온은 몸을 앞뒤로 흔들며 인사를 했다. 이들과 함께 지내며 우리는 유인원인 '호모 사피엔스'로 돌아갔다. 사람과 동물로 분리되어 존재하는 것이 아니라, 그저 동물의 한 부분인 사람으로서 그들과 어울렸다. 이른 아침에 눈을 비비며 일어나 만났던 땅과 식물, 동물들과의 만남은 내 몸과 마음에 작은 진동을 일으켰다.

농사를 가르쳐 주시는 맨발 사나이 후안 아저씨의 뒤를 졸졸 따라다녔다. 그리고 농기구를 어떻게 사용해야 하는지, 비닐을 사용하지 않고 자연의 재료들로 어떻게 바닥덮기를 하는지, 지렁이 분변으로 만든 퇴비를 어떻게 밭에 주어야 하는지 등 많은 생태 농업의 지혜를 배웠다. 그런데 아저씨에게 배운 것 중 가장 기억에 남는 건 따로 있었다. 동물을 비롯한 다른 존재들을 대하는 태도였다. 동물들은 하루가 멀다고 크고 작은 소동을 일으켰다. 잘 일궈 놓은 밭에 강아지들이 들이닥쳐 농사일에 훼방을 놓기도 하고, 개가 병아리를 물고 숲으로 도망가기도 했다. 어느 날은 병아리들이 밑이 뚫려 있는 허술한

울타리에서 탈출해 근처 숲으로 달아나는 일이 벌어졌다. 우리는 이리 뛰고 저리 뛰며 병아리를 찾으러 다녔다.

그런데 한 가지 흥미로운 것은, 이 모든 일을 겪고 있는 사람들의 표정이 너무 평온하다는 것이었다. 누구 하나 화를 내거나 이런 사고에 대해 다른 사람을 탓하는 이가 없었다. 그 누구도 수직적으로 군림하려 하지 않았고, 인간과 비인간이 서로 존중하는 태도가 농장 구석구석에 깊이 배어 있었다. 아저씨에게 배운 것은 농사가 아니라, 나와 다른 존재에 대한 이해와 수용의 자세였다. 논리로 판단하기보다는, 끊임없이 가슴으로 연결되어 이해하려고 노력하는 모습이 인상적이었다. 오로빌에서의 100여 일의 시간은 짧은 기간이었지만, 삶에 적지 않은 영감과 영향을 주었다. 자연과 어우러져 살아가는 사람들 곁에서 마음속에 작은 꿈을 품게 되었다.

'나, 자연을 닮은 농부로 살아갈래!'

5

반농반X로 살아가는 실험

나는 환경운동가도 급진적인 생태주의자도 아니다. 그렇지만 내 아이가 살아갈 미래를 생각하면 이 땅과 물, 하늘의 미래를 그려 보지 않을 수 없다. 이건 저 멀리 있는 다른 세상의 이야기가 아니라, 내 아이가 발 딛고 숨 쉬며 살아갈 세상에 관한 이야기니까.

인도에서 시간을 보내고 한국으로 돌아왔을 때, 한동안 멍하게 지냈다. 한국의 빠른 삶의 속도와 지나치게 편리한 생활들이 이전과는 다르게 부자연스럽게 느껴졌다. 클릭 한 번이면 원하는 물건이 집 앞에 바로 배송되고, 밤낮 구분도 없이 바쁘게 돌아가는 생활. 이런 한국의 삶을 두고 천국이라 말하기도 하지만, 체기가 있는 것처럼 명치가 답답하고 불편한 느낌이 지속되었다. 변화가 필요했다.

얼마 전, 딸아이와 함께 본 다큐멘터리 영화 〈수라〉에는 새만금 갯벌 사업으로 파괴되어 가는 갯벌을 지키는 한 남자의 이야기가 나온다. 감독은 20여 년을 한 자리에서 갯벌을 지키는 그에게 왜 그토록 열심인지 묻는다. 이에 대해 그는 젊었을 때, 이곳 하늘에서 보았던 도요새 무리의 아름다움에 대해 말한다. 그 아름다움을 잊지 못해, 아름다움을 지키기 위해서 이곳에 있게 되었다고.

자연의 경이로운 내면을 바라보는 에세이스트 게리 퍼거슨은 말한다. "자연의 아름다움은 우리를 자기중심적 사고에서 벗어나 존재하는 것 자체와 더불어 경이로움 속으로 들어가도록 등을 밀어준다." 이 아름다움이 궁금해졌다. 내가 잊지 못하는 아름다움은 무엇일까? 아름다움을 발견한다면, 그것을 어떻게 지킬 수 있을까? 아집과 자기 중심성에서 물러나 깊게 숨을 쉬고 평온하게 사는 삶에 대해 알고 싶어졌다. 더 정확하게는 그렇게 살고 싶어졌다. 그리고 제2의 성장통을 겪듯 마구 흔들렸다. 흔들리던 나는 책장에서 먼지 묻은 책 한 권을 집어 들게 되었다. 그 책은 시오미 나오키의 『반농반X의 삶』이다.

1995년 일본의 시오미 나오키가 말한 '반농반X'의 철학은 작은 농업으로 먹거리를 먹을 만큼만 생산하고, 해야 하는 일과 하고 싶은 일을 하면서 적극적으로 사회에 참여하는 삶을 말한다. 생태 농업으로 먹고살 수 있는 건강한 생활 기반을 마련하고 자신의 천직과 사명을 통해 자기를 실현하여 사회와의 연결점을 만들어 나가는 삶을 의미한다.

나는 이 '반농반X'라는 삶의 철학에 매료되어 '반농'과 '반X'를 실현하기 위한 구체적인 방법을 모색하기 시작했다. 먼저 '반농'을 위해서는 생태 농법을 배우고 실현할 땅이 필요했다. 의욕적으로 농지 매매와 임대를 알아보았다. 그런데 혼자 농사를 짓기에는 터무니없이 큰 땅들이 대부분이었고, 자연농법으로 농사를 짓는다고 하면 땅 주인들은 임대를 꺼렸다. 지역 커뮤니티 카페에도 글을 올려 보았지만, 긍정적인 답변은 볼 수 없었다.

그렇게 '반농'의 현실 가능성 앞에서 주춤대던 어느 날, 귀농운동본부의 한 활동가와 연락이 닿았다. 전화번호를 받아 들고 떨리는 마음으로 조심스럽게 전화를 걸었다. 얼굴도 모르는 분에게 주절주절 내가 하고 싶은 '반농'에 대해 설명했다. 그런데 다행스럽게도 수화기 너머 목소리에서 반가움과 환대의 느낌이 전해졌다. "선생님이 무슨 말씀하시는지 알아요. 이곳에 선생님과 비슷한 생각을 가지고 계신 분들이 많아요. 시간 되실 때 언제든지 놀러 오세요." 불확실성 앞에서 혼란스럽고 망설이던 마음이 원래의 평안한 자리를 찾아갔다. 길이 보인다. 함께 농사짓고 생태 농법을 배워 나갈 든든한 동지들이 생겼다. 앳된 얼굴의 이십 대 청년부터 머리가 희끗희끗한 분까지. 이전에 살았던 이력과 나이는 제각각이지만 우리는 농사를 통해 삶의 전환을 꿈꾸는 하나의 마음으로 연결되었다.

'반농'에 이어 '반X'의 X는 사명으로, 자신의 개성, 장점, 특기를 살려 사회에 참여하는 직업을 말한다. 즉 진심으로 하는 일, 좋아하는 일을 통해 사회와 연결되고 돈도 벌어 생활을 유지하는 것이다. 나의 X는 무엇일까? 어떤 X로 사회와 연결되고 싶을까? 지난 삶을 돌아보면, 나는 몸과 마음, 의식을 연결하고 통합하는 여정에 호기심을 가지고 삶의 길을 걸어왔다. 몸이라는 성스러운 대지를 소중하게 돌보고 마음이라는 정원을 가꾸며 건강한 의식의 씨앗을 잘 심어 기르는 과정을 돕는 일을 하고 싶다.

그래서 사람들이 진정한 자기로 살며 자신의 온전함을 발현하고 살 수 있는 세상이 되었으면 한다. 이를 위해 무엇보다도 먼저 내 안으로부터의 에너지가 고갈되지 않고 편안하게 흐를 수 있도록 내 몸과 마음을 보살필 것이다. 또한 삶을 가꾸는 다양한 프로젝트를 통해 자연과 인생의 아름다움을 다른 사람들과 함께 발견하고 향유하며 살고 싶다.

반농반X의 삶을 앞두고 있다. 그 삶은 시행착오를 겪을 것이고 벽에 부딪힐 수도 있다. 그래도 살아보고 싶다. 내 아이와 함께 살아갈 지속 가능한 지구와 평화로운 삶을 위해 오늘도 엄마는 인생이라는 실험을 이어간다. 유쾌하고 진지하게.

6

있는 그대로의 나와 당신을
사랑하는 꿈

"몸과 마음이 흐를 수 있게 두세요."

몇 년 전, 무용 동작 치료 워크숍 때 스승님께서 하신 말씀이다. 어깨에 잔뜩 힘을 주고 애쓰며 바위에 짓눌려 이러지도 저러지도 못할 때가 있었다. 그때, 마음에서 일어나고 있는 일들을 춤으로 표현하며 이전과는 다른 방식으로 살아가는 길이 있다는 것을 몸으로 경험하게 되었다. 흐르는 물과 춤추는 바람처럼 유연하고 열린 방식으로 사는 삶의 길.

인생에서 원치 않게 마주했던 위기는 새로운 삶으로 나아가는 시작점이 되었다. 그 길에서 사람들과 마음의 춤을 추며, 그들의 몸이 은은하게 빛나고 마음이 흐드러지게 피어나는 순간들을 만났다. 무너지고 주저앉은 몸이 가슴을 열어 척추를 세우기도 하고, 불안으로 들떠 있던 두 발이 편안한 리듬으로 땅을 딛고 나아갔다. 온몸으로 자기를 표현하고 삶을 탐험하며 서로를 사랑하는 길 어딘가에 나는 앞으로도 계속 있을 것이다.

꿈을 꾸는 것은 엄마라는 역할 뒤에 고이 접어놓은 '나'라는 쪽지를 조심스럽게 펴서 잘 보이는 곳에 붙여 두고 매일 달콤하게 그 이름을 불러 주는 고백이 아닐까? 엄마로 살며 꿈꾸는 삶은 서두르고 싶어도 더디 가고, 느긋하게 머무르려 해도 좀처럼 기다려 주지 않는 양극의 너울을 타는 여정일지도 모르지만, 꿈꾸는 세상을 상상하고 실험하며 살아간다.

나는 기우뚱거리며 걸어가는 사람이다. 장애물을 미리 알고 피해 가거나 똑똑하게 예측하고 계획하기보다는 하나하나 겪고 넘어지며 깨닫는다. 무난하게 넘어가기보다는 섬세하게 느끼고 경험한다. 예전에는 이런 섬세함이 부담스럽고 싫기도 했다. 그런데 꿈꾸는 삶을 살며 관점이 달라졌다. 나의 섬세함은 그 무엇보다 나를 더욱 나답게 하고 성장시키는 도구라는 것을 받아들이는 중이다. 약점은 강점이 될 수 있고 취약점은 잘 돌보면 큰 자원이 된다. 나는 섬세해서 자연의 메시지를 잘 알아차리고 삶의 미묘한 변화에 감탄할 줄 안다. 또한, 다른 사람의 작은 성장을 놓치지 않고 발견하여 지지해 줄 수 있다.

농사를 배우며 내 삶이 더 자연에 뿌리내리기를, 몸과 마음으로 익힌 배움들이 모여 누군가의 삶에서 희망을 노래하는 곳에 가 닿기를 바란다. 한 사람과 한 생명을 만나는 것이 우주 전체를 만나는 것과 다르지 않다고 믿는다. 꿈을 꾸는 언제부턴가 '지기'라는 말이 가슴에 맴돌았다. 사전을 찾아보니, 지기는 '지키는 사람', '속마음을 참되게 알아주는 친구'라는 뜻이 있다. 나는 삶을 가꾸는 지기가 되고 싶다. 문득 인생에 질문이 떠오르거나 쉼이 필요할 때, 산책하듯 놀러 오는 인생이라는 정원의 지기가 되고 싶다.

생생하게 상상한다. 해가 잘 드는 인생 정원에서 사람들과 맨발로 마음의 춤을 춘다. 소소한 일상의 이야기를 주고받고, 삶에 대한 깊은 질문을 던지기도 한다. 삼삼오오 모여 책을 읽고 그림을 그리고 악기를 연주하며 삶을 나눈다. 누군가에게는 휴식이, 어떤 이에게는 성장의 발판이 되는 공간이 된다. 정원지기는 낙엽을 주워 모으며 놀러 온 사람들, 작은 곤충, 동물들과 인사를 한다. 다양한 관계 안에서, 또 위대한 자연으로부터 인생을 배운다.

엄마라는 두 글자에는 무수히 많은 가능성이 담겨 있다. 엄마는 창조적인 예술가이자, 선구자다. 아무것도 없던 땅에 나무를 심어 숲을 가꾸어 나가는 사람. 일상이라는 작품을 정성스럽게 만들어가는 예술가. 가본 적 없는 미지의 길을 용기 내어 걸어가는 선구자다. 온전하게 나만 믿고 제 온몸을 기대고 선 아이를 바라보고 있으면, 그 무엇도 못 해낼 것이 없는 용기가 차오른다. 나는 내가 하고 싶었는데 못 이룬 꿈을 자식에게 투사해서 대리만족하는 엄마로 살고 싶지 않다. 나와 아이, 남편 각자의 다른 삶을 존중하며 서로의 꿈을 진심으로 응원해 주는 관계를 맺어 가고 싶다.

그 계획적이지도, 정돈되지도 않은 길. 미완성과 알 수 없음의 길을 예찬한다.

아기를 따뜻하게 품에 안듯, 나를 다정하게 안아 준다. 꿈을 꾼다는 것은 진정으로 나를 소중하게 여기고 돌보며 살아가겠다는 다짐이자 외침이다. 나는 있는 그대로의 나를 사랑하고 당신을 사랑하며 살고 싶다.

"나는 있는 그대로의 나와 당신을 사랑하는 꿈을 꾼다."

Chapter 6

읽고 쓰는 세계에서
새로이 싹튼 엄마의 꿈

박연현

①

이루지 못한 그 시절의 꿈

큰 꿈을 꾸던 시절이 있었다. 어린 시절 내 꿈은 언제나 밤하늘을 관찰하는 천문학자였다. 학자라는 꿈 덕분에 잘하지도 못하는 공부를 손에서 놓지 않고 꾸준히 해 올 수 있었고, 누구나 생각하는 올바른 길을 따라 살아온 지난 날이었다. 그런데 가끔 그때의 꿈을 원망할 때가 있다. '내가 왜 그토록 공부만 한다고 했을까, 다른 것들도 함께했으면 좋았을걸.'

지금으로선 나는 미래에 천문학자가 되고 싶다. 언제부턴가 별 보기가 좋았고 우주에 관심이 생겼기 때문이다. 고등학교에 가면 또 어떻게 바뀔지 모르겠지만 꼭 천문학자가 되었으면 좋겠다. 언젠가 우주선을 타고 달나라에 갈 수 있는….

- 2000년의 나에게서 온 편지 중에서 -

밤하늘의 별 보기를 좋아하던 어린 소녀는 단단하게 성장해 어른이 되었고, 결혼 후 두 아이를 키우는 워킹맘으로 하루하루 열심히 살아가고 있다. 가끔 밤하늘의 별을 볼 때마다 '내 꿈은 천문학자였지'라고 어렴풋이 떠오를 뿐, 꿈에서 벗어난 채 그저 한 달 월급을 목 빠지게 기다리는 평범한 회사원이 되었다. 꿈과 목표를 가진다는 건 어떤 느낌이었더라? 사회생활을 오래 할수록 꿈이라는 단어에서 멀어지는 나를 느낀다. 아이들이 자라 조금은 내 품을 떠나버린 불혹의 나이에 이르러서야 지난 꿈을 다시 떠올리고 내가 걸어온 길을 되돌아볼 여유가 생겼다. 참 쉬지 않고 달리기만 했구나, 나는 무엇을 위해 이토록 열심히 살았을까.

천문학자라는 직업적 목표는 관련 직종이 많지도 않을뿐더러 연구기관에 종사하는 게 대부분이었기에 이루기 쉽지 않았다. 물리학을 공부하기 위해 공과대에 진학하고 국가 연구기관에 몸담기까지 숱하게 공부하고 부딪히면서 나는 학문과는 맞지 않는 사람이란 걸 깨달았다. 아무리 친해지려 노력해도 물리학, 역학 공부가 재미있지 않았다. 천문학을 공부하기 위한 필수과목인데 말이다. 그때부터였을까? 어린 시절의 순수했던 꿈은 잊고 그저 좋은 일자리를 가지는 것을 목표로 달려왔다. 어쩌면 현실의 이상을 향해 달려온 지난날이었다. 어느덧 내 꿈은 대기업에 취직하는 것으로 바뀌었고 그 뒤론 평생 일할 직장을 가지는 것으로, 결혼하고 남편과 나를 닮은 아이를 가지는 것, 우리가 살아갈 아늑하고 넓은 집을 갖는 것으로 바뀌면서 현실의 꿈을 향해 하루하루 열심히 걸어왔다. 내가 설정해 둔 이상적인 삶을 향해 빠른 걸음으로 걷고 때론 뛰기도 하면서. 돌이켜 보면 스스로 밥벌이하려 했던 그때의 내가 참 대견하면서도 안쓰럽게 느껴져 고생했던 나를 보듬어 주고 싶다.

그렇게나 노력해서 그 시절 그 꿈을 이루었냐 묻는다면 부끄럽게도 '아니오'라고 말할 수밖에 없지만, 결혼 후 아이를 낳고도 지금까지 직장에서 일할 수 있음에 '안정적인 직장'을 가지는 목표는 달성했음을 부인하지 않는다. 목표를 달성했으면 되지 않느냐, 내 인생이 정도면 성공이지 않을까 생각하면서도 계속해서 내 꿈이 무엇인지, 앞으로 삶의 목표가 무엇인지 되묻는 이유는 직장인으로서의 삶에 만족도가 떨어지고 있기 때문이다. 아이를 낳고 워킹맘으로 살아가는 지금의 하루가 누구를 위한 삶인지, 무엇을 위해 이토록 노력하며 사는지 모르겠단 의문이 드는 순간을 종종 만난다. 회사 업무에도 최선을 다하지 못하고 아이를 키우는 일에도, 집안일에도 최선을 다하지 못하는 나를 보면서 생각해 본다. 진급에서 누락되었지만, 실적을 위해 무엇을 더 해볼지 생각하지 못하고 이번 방학은 어떻게 아이를 돌봐야 하나 고민하는 나를 마주하면서, 과연 무엇을 위해 이토록 열심히 살고 있는지 되묻게 된다. 꿈이 있을 땐 꿈을 향해 달려왔고, 목표가 있을 땐 목표를 향해 애써 왔는데 막상 그 목표를 이루고 나니 그저 하루하루 살아가고 있는 게 아닌가. 그 시절의 꿈은 잊은 걸까? 이루지 못했다고 포기한 건가, 포기했다면 다음 꿈은 무엇일까. 꿈을 향해 달려왔던 열정 가득했던 시간이 아마득하게 느껴진다. 일평생 살면서 한 가지 목표만 위해 살아가는 건 재미없지 않을까. 하고자 했던 많은 일에 적극적이었던 젊음의 광기가 어느 순간 또다시 꿈틀거린다.

관심 있는 대학의 교수를 찾아가 진로에 대해 직접 상담하고, 대학 교양 시간에 만났던 교수님에게 미래의 방향성에 대해 질문하고, 일하는 여성을 찾아 이런저런 현실을 묻는 메일을 보냈던 열아홉의 나. 끊임없이 찾고 개척하고자 하는 사람에겐 어떤 일이라도 할 수 있는 길이 열린다는 걸 알아가고 있었다. 치열하게 고민했던 순간들, 목표하는 바를 정확하게 설정하고 그 목표를 이루기 위해 끝까지 행동해 보는 경험들이 하나씩 쌓여 지금의 내가 만들어진 걸 누구보다 잘 알고 있다. 그로부터 20년, 그 시절의 꿈과 목표 덕분에 어느 정도 이루었고 갖추며 살아가고 있다. 그렇다면 앞으로 20년은 무얼 위해 살아가야 할지 진지하게 생각해 봐야 하지 않을까? 꿈이 있는 사람에게선 언제나 밝은 빛이 난다. 꿈을 이루든 이루지 못하든, 그 과정에 행복이 있음을 이제야 알겠다. 꿈을 향해 달려올 때 반짝였듯이, 앞으로의 내 인생도 다시 빛나길 꿈꾼다.

2

열심히 살았는데 B급 인생이라니

　이미 엄마가 되었는데 새로운 꿈을 찾는다? 그것도 사십 언저리쯤 말이다. 꿈을 찾는다는 것, 지금에서야 새로운 꿈을 가진다는 건 내 삶에 있어 무엇을 의미하는 걸까? 내가 여태껏 잘못 살아왔나? 라는 생각이 가장 먼저 머릿속을 스친다. 새로운 꿈을 찾게 된 데는 여러 가지 이유가 있지만 그중에서도 가장 큰 계기는 10년 넘은 공직 생활에서 온 공허함이다. 학교를 졸업하자마자 취직했으나 내가 생각하는 안정적인 직장을 가지기까지 몇 년의 세월을 돌고 돌아 지방 공기업에 입사했다. 앞으로 정년까지는 거뜬히 일할 수 있다는 생각에 그간의 노력이 헛되지 않은 것 같아 덩실덩실 춤출 만큼 기뻤던 순간도 많았다. 공직 생활 동안 결혼하고 아이를 낳으며 두 번의 육아휴직을 다녀오고 세 번쯤 소속된 부서가 바뀌었으니, 일이 익숙해질 만하면 자리를 떠나거나 부서가 이동되었다. 회사에 여러 부서가 존재하지만, 공무원처럼 시기 맞춰 전 직원이 이동하는 건 아니었기에 이동 대상자가 되는 건 소수에 불과했다. 그 이동 대상에 속하면서부터 계속 자리가 바뀌었다. 그저 여성이라서, 아기 엄마라서 그랬을까. 공과대 출신이라 어떤 분야에 속해 있어도 잘 해낼 수 있을 거라 판단해서 그런 거라고 나 스스로 애써 다독여 본다.

여러 해를 거쳐 부서를 이동하면서 전문성과 소속감을 잃어가는 느낌이 내 안에 차곡차곡 쌓였다. 내가 무얼 위해 이곳에서 일하는지, 무엇을 잘하는지, 그 일을 잘한다면 지속해서 수행하고 싶은데 할 만하면 자리를 떠나니 뭐 하나 진득하게 수행할 수 있는 일이 없었다. 일이 끝나면 아이를 데리러 부리나케 달려가야 했기에 나 좀 잘 봐달라고, 술 한잔하자고 윗사람에게 제안할 마음의 여유도 없었고, 밤늦게까지 남아 누군가의 이야기를 들어줄 시간도 없었다. 그러다 보니 번번이 진급에서 누락되는 것 같았다. 나는 억울하고 속상하다고 외쳐 보아도 아무도 들어주지 않았다. 그런 상황이 지속되면서 직장에서 자존감이 떨어질 만큼 떨어졌고 회사에 대한 애착도 사라졌다. 워킹맘의 삶이란 게 왜 이렇게 쉽지 않을까. 분명히 조금 더 여유롭고 풍요롭게 살고자 아이 키우며 일하는데 내 삶이 여유롭게 느껴지지 않았다. 그렇게 내 자리만 텅 빈 것 같은 마음의 구멍이 커지고 있었다.

지금까지 열심히 살아왔는데 어느 날 문득 현실의 벽 앞에 패배자가 된 느낌. 가질 만큼 가지고 이룰 만큼 이루었다고 생각했는데 어느 순간부터 공허함이 크게 다가왔다. 나는 여기서 무얼 하는 걸까. 아무리 열심히 해도 결국 남의 것이 되는 실적을 위해 일하는 회사원의 삶이 이토록 허무하단 말인가. 딸들에게 당당한 전문직 여성의 엄마가 되고 싶어서, 두 딸 키우는 엄마로서 여성도 사회에서 목소리 낼 수 있고 자신의 분야를 끊임없이 개척해 나갈 수 있음을 보여주기 위해 끝까지 일하는 엄마로 남고 싶었는데 점점 작아지는 나를 느끼며 혼란의 숲을 거닐고 있다.

심리적 변화를 느끼며 나는 인정받고 싶은 사람이란 걸 알게 되었다. 누군가 내 이름을 불러주고 내가 한 일에 관해 이야기 나누고, 앞으로의 방향성에 대해 논하고 싶었다. 엄마라는 이름이 아닌, 내 이름 석 자로 사회에 단단히 뿌리 내리고 싶은 욕망이 있음을, 욕심과는 다른 현실 앞에 계속 작아지고 만족하지 못하는 삶을 살고 있었던 건 아닐까. 그런데 이렇게 살아가는 삶 또한 나 스스로가 만들었음을, 가족을 지키기 위해 아이들을 돌보기 위해 어쩔 수 없는 선택이었다 믿으며 위험에 다가가지 않고 무엇이든 소극적으로, 가능하면

하지 않는 방향으로 이끌었으니 말이다. 상황을 탓하며 무능함의 구렁텅이로 나를 밀어 넣은 건 어쩌면 나 자신이었을지도 모르겠다. 내 인생이 그저 그런 B급 인생이라고 단정 지어 버린 건, 어린아이들을 키우고 있는 시기를 지나고 있기 때문일 것이다. 아이들이 자라는 시기이기에 워킹맘이라는 죄책감으로 모든 것을 아이 키우는 관점에서만 바라보고, 어떻게든 가족과의 시간 확보를 위해 새로이 도전할 수 있는 많은 것을 하지 않으려 했던 내가 서 있었다. 그랬기에 그 무엇도 적극적으로 시도하지 못하고, 그저 나는 할 수 없다고 쉽게 판단해 버리지 않았나 생각해 본다.

누구나 이러한 시기를 지나지 않을까. 아이가 너무 소중하고 사랑하는 가족이 내게 행복을 주는 걸 잘 알면서도 그저 하루하루 허우적거리며 살아가다 보니 삶이 허무해지는 순간을 마주하는 경험. 충분히 괜찮은 인생을 살아왔음에도 어느 순간 그렇지 않다 느껴지는 생애 주기의 변곡점이 있는 게 아닐까. 이럴 때 어떻게 대처해야 할지 생각하고 고민했지만, 특별한 방법은 없었다. 어쩔 수 없이 직장에서도 가정에서도 겉도는 내 마음을 달래기 위해 잠시 쉬어가기로 했다. 여기저기에서 열심히 달리려 했던 마음을 내려놓고 아무것도 하지 않는 상태에 머물러 보기로 한다. 못하겠다는 말에 죄책감을 느끼지 않고, 맡은 업무에 책임감을 버리고 긴 휴가를 떠났으며, 남아 있는 연차를 과감하게 사용해 가족과의 여행을 즐겼다. 아이들과 매일 웃고 떠드는 시간, 맛있는 음식을 먹고 물건을 사는 재미는 잠깐이었지만 그 순간의 기쁨이 모여 삶의 활력을 불어넣어 주었다. 시간이 흐르니 자연스레 묵은 감정이 사라지고 나 자신을 비하하는 일이 줄어들었다. 아무것도 하지 않아도, 잘하려고 발버둥 치지 않아도 시간은 흐르고 삼십 대 끝자락의 나는 그 자리에 그대로 남아 있었다. 조금은 달라진 채로. 가끔은 무의미하게 시간을 흘려보내며 견디는 것, B급 인생이라 칭해 버린 별것 없는 내 인생을 인정하는 것 또한 살아가는 방법임을 깨달았다.

3

나를 지탱한 건 8할이 취미

스무 살이 되고선 과감하게 떠나는 여행을 즐겼다. 계절학기 마지막에 친구들과 함께 라디오를 짊어지고 떠난 섬 여행에서부터 거대한 짐을 싣고 떠난 초보 자전거 여행에 이르기까지 나의 여행 인생은 그때부터 시작되었다. 새로움을 탐구하고자 부모님께 방학 생활 계획서를 제출하고 나 홀로 무작정 떠났던 서울 두 달 살기, 장기간 자리를 비우기 위해 연구실 교수님께 거짓말을 하고 방학 통째로 떠나 버린 유럽 여행까지 돌이켜 보면 나는 참으로 무모하면서도 좋아하는 것, 하고 싶은 일에 진심으로 다가가고 행동하는 사람이었다. 이십 대의 짧은 순간이 나 혼자 즐길 수 있는 소중한 시간임을 알았기에 떠날 수 있을 때 최대한 멀리 떠났고, 하고자 하는 많은 것을 스스로 선택하고 실천했다. 중소기업에 취직한 후엔 어린 시절 방학마다 배웠던 수영을 다시 시작했다. 작은 고민조차 이야기할 사람이 없어 마음속에 쌓인 스트레스를 새로운 사람을 만나 웃고 즐기며 몸을 쓰는 운동으로 해소했다. 그렇게 시작하게 된 수영 동호회 활동 덕에 수영 대회뿐만 아니라 바다 수영까지 도전했고, 해운대 광안리 바닷길을 관통하기에 이르렀다. 한번 시작하면 질릴 때까지 끝장 보는 스타일, 그게 나였다.

그랬던 내가 결혼하고 두 아이를 낳아 키운다. 그간 쌓아온 체력으로 거뜬하게 아이를 돌봤기에 손발이 근질거리고 무언가 더 하고 싶은 마음은 여전했지만, 그렇다고 마땅히 할 수 있는 일은 없었다. 어쩌면 밖으로만 돌던 내가 집 안에서 할 수 있는 취미를 찾지 못했다고 해야 할까. 첫 아이를 키우면서는 온갖 육아용품을 다 사보았다. 쌓인 스트레스를 소비로 푼 것이다. 육아라는 새로운 분야를 탐구하는 마음으로 다양한 육아 모임에 나가서 새로운 친구를 만나 즐기는 데 최선을 다했다. 복직 후엔 워킹맘의 생활에 적응하느라 바빴고, 빠르게 둘째를 가져야 한다는 생각에 특별한 취미를 갖지 못했다. 아이 키우며 주부 생활에만 집중했으니 내 인생을 통틀어 가장 잔잔하고 평범한 날들이었다. 초보 엄마인 나는 아이 돌봄과 회사 생활 외 그 무엇도 할 수 없는 현실의 벽 앞에 서 있었다. 그리곤 둘째를 낳았다.

끊임없이 나를 찾는 아이를 돌보며 아무것도 할 수 없는 상황은 지속되었지만 계속 무언가 하고 싶은 마음이 꿈틀거렸다. 하루 종일 우는 아이가 잠들고 나면 그토록 고요할 수 없었다. 그 고요함을 깨고 싶지 않아 오랜만에 그림책이 아닌 나를 위한 자기계발서를 손에 들었다. 한바탕 난리 끝에 지칠 대로 지친 나는 세상에서 가장 고요한 행위를 해 보기로 마음먹었고 그때부터 책 읽는 엄마가 되었다. 책이 좋아 펼친 게 아니라 고요함을 지속하고 싶어 책을 펼쳤다. 아이가 깨면 아기띠를 메고 돌아다니며 책을 읽고, 잠이 들면 소파에 앉아 전자책을 손에 들었다. 심혈을 기울여 육아용품을 검색하는 것도, 누군가를 만나 수다를 떠는 것도 모두 에너지가 필요한 일이기에 관심 밖으로 밀려났다. 그저 나 혼자 할 수 있는 일, 움직이지 않고도 심심하지 않을 수 있는 것을 고르다 보니 독서가 제격이었다. 그렇게 육아서, 에세이, 분야를 가리지 않고 그때그때 가장 쉽게 읽을 수 있는 관심 주제의 책을 골라 한 권 두 권 읽기 시작했더니 5개월 만에 24권의 책을 읽었다. 내 인생이 책으로 물든 순간. 그렇게 책 읽기는 내 삶의 새로운 취미로 자리 잡았다.

한 권 두 권 읽다 보니 더 많이 읽고 싶고 기록하고 싶었지만, 다이어리도 쓰지 않는 무계획의 내가 읽은 책을 기록한다는 건 생각처럼 쉽지 않았다. 지인이 책 읽으며 필사하는 모습을 자주 보았는데 도무지 무얼 적는지 이해되지 않았다. 그러다 문득 김유라 작가의 『아들 셋 엄마의 돈 되는 독서』를 읽으며 머릿속에 스친 생각을 기록해 보고 싶어졌다. 이 책을 통해 마음에 드는 구절을 곱씹으며 나의 상황에 비추어 생각해 보는 재미를 알게 되었다. 그리고 그녀가 추천해 주는 책을 더 읽고 싶어 도서관을 찾았다. 그때부터 다양한 책 읽는 재미를 알게 되어 '읽는 사람' 세계 속에 살아가고 있다.

복직을 앞둔 2019년의 겨울, 코로나가 시작되었다. 신규 전염병이 언제까지 지속될지 몰랐던 시점, 온라인 ZOOM 강의가 하나둘 생겨났다. 다양한 분야의 전문가 강의를 집에서도 쉽게 접할 수 있었기에 책을 읽고 인스타그램에 기록하는 비법을 알려 주는 강의를 수강하고, 읽은 책의 감상평을 기록하는 책스타그램을 시작했다. 협찬을 받으면 책을 공짜로 받아 볼 수 있다는 기대감에 인스타그램을 공개 계정으로 변경하여 본격적으로 책 읽고 리뷰 남기는 일을 시작했다. 읽은 책에 대한 내 생각을 정리하다 보니 쓰기 실력이 한없이 부족함을 깨닫고 글쓰기를 훈련할 수 있는 활동을 찾다가 『우리는 숲에서 살고 있습니다』의 저자 곽진영 작가의 글쓰기 모임을 접했다. 읽은 책의 저자가 만든 모임이라 반갑고 신기한 마음에 용기를 내어 참여하였고, 그 덕분에 책을 읽고 생각을 기록하는 필사에서부터 에세이 쓰기에 이르기까지 다양한 글쓰기를 경험해 보면서 취미의 영역을 글쓰기까지 확장할 수 있었다.

"무엇을 좋아하세요?, 당신의 꿈은 무엇인가요?, 엄마의 시간은 무엇으로 채워지고 있나요?" 엄마들과 함께 글을 쓰기 시작하면서 수없이 들어온 말이다. 나의 꿈? 내 꿈은 천문학자였잖아, 그런데 이루지 못했잖아. 그걸로 끝 아니었나? 그렇다면 지금의 꿈은 무엇일까. 내 꿈을 이루는 건 이미 끝나 버렸는데 나는 어떠한 목표를 향해 살아가고 있는 걸까. 회사에서 내가 할 수 있는 최고 직위에 오르는 것? 그저 그런 안정적인 삶? 과연 내 꿈은 무엇일까? 글쓰기는 수많은 질문으로 나는 누구이고 지금은 어떠한가에 관해 묻고 또 물었다. 답을 찾지 못해 흘러가는 시간을 견디고 끊임없이 생각하면서, 백지를 검은 글자로 채워 나가는 글쓰기의 매력에 빠져들었다. 글쓰기는 결국 나 자신과의 대화이자 내 마음을 들여다보는 도구였다. 우연히 시작하게 된 읽고 쓰는 취미 덕에 오롯이 나를 들여다볼 시간을 가질 수 있었고 그로 인해 오늘도 또 다른 내가 되는 새로운 꿈을 찾는 중이다.

4

말도 안 되는 상상

글을 써 온 지 여러 해가 흘렀다, 글을 왜 쓰냐고? 나도 잘 모르겠다. 내가 왜 계속 글을 쓰고 있는지. 그래서 내 마음에 물어봤다. 넌 글을 왜 쓰는 거니?

내 마음 나도 몰라님 저에겐 아주 큰 꿈이 있어요. 현실과 매우 동떨어진 꿈이지만 저에게만큼은 아주 큰 꿈이지요. 인생의 절반쯤 살았을 때 혹은 그 이상이 되는 시점쯤에 이루어 보고 싶은 꿈이랄까. 그저 마음속으로만 상상해 보고 그 형태를 만들어가고 있어요. 아직 전체적인 모양은 없지만 목표를 이루기 위해서는 글쓰기가 꼭 필요한 부분이라 생각해서 그 끈을 놓지 못하고 있을 뿐이죠.

나　그래서 그게 뭐란 말이고? 니 와이라노? 뜸 들이지 말고 말해 보라고!

내 마음 나도 몰라님　사실은 작은 책방을 하나 차리고 싶어요. 나만의 공간에 누군가 들어오는 모습을 상상합니다. 책방이라는 장소는 책만 팔아서는 안 되고 콘텐츠가 있어야 하는데 회사만 오래 다닌 저는 이 분야에 특별한 재능이 없어요. 그래서 글을 써야 한다고 생각해요. 손님의 마음을 이끄는 위로의 한마디, 근사한 한 문장, 그런 것들이 필요하단 말이죠. 내 책 한 권쯤 가지고 있으면 더 좋을 것 같아요. "나는 활자를 읽는 사람이면서 글을 쓰는 사람입니다. 이런 내가 사랑하는 책이 모인 공간이에요."라고 말할 수 있으면 더할 나위 없이 좋겠죠. 손님과 나 사이에 정적이 흐를 때, 책을 내밀어 책 속 주제에 관해 이야기하는 것만큼 멋진 일이 또 있을까요. 그 공간에 내가 좋아하는 책과 문구가 함께해요. 그 분위기를 좋아하는 사람들이 모이는 공간이죠. 그곳에서 권해 보고 싶어요. 이 책 한번 읽어 보라고, 이 펜 한번 써 보라고, 이 스티커는 어때? 이 노트는? 책과 같이 쓰면 유용할 거라고 쓱 내밀어 보는 상냥함이랄까요. 그런데 아무리 생각해도 돈이 될 것 같지 않네요. 사람이 모일 것 같지도 않고요. 그래서 더욱 다양한 콘텐츠를 만들고 소개하기 위해 글을 씁니다.

나 참나, 그런 게 언제쯤 가능할까? 아니, 실현 가능성이 있기나 하니?

내 마음 나도 몰라님 글쎄요. 지금 하는 일을 관두기에는 굉장한 용기가 필요할 것 같아요. 나이가 들어 직장을 바꾼다는 건 쉽지 않은 일이거든요. 그런데 말이죠. 며칠 전 친구를 만나 대화를 하다가 아이디어를 얻었어요. 친구의 지인이 무인 스터디룸을 개업했다가 대박이 났다지 뭐에요? 그 말을 흘려들었는데 며칠 뒤 번뜩 생각이 났어요. 그래, 무인 책방! 본업을 유지하면서 무인 책방을 차리자! 작은 공간을 구해서 나만의 책방을 꾸미고 지나가는 이의 호기심을 유발할 것. 홍보는 SNS를 통해 진행하고 무인기기를 통해 책값을 받자. 지켜보는 이가 없으니 자유롭게 머물며 책을 펼쳐 읽고 쓰는 일이 가능한 공간이 될 것 같아요. SNS를 검색해 보니 이미 몇 군데 무인 책방이 있지 뭐에요. 공간만 잘 구하면 불가능한 꿈은 아닐 거란 생각이 들었어요. 그렇게 시도해 보다가 방향성을 잡으면 그땐 과감히 본업을 바꾸는 거죠. 그렇게 제 인생 2막이 시작되는 겁니다. 무인 책방 홍보를 위해서라도 따스함이 느껴지는 글을 쓰는 사람이 되고 싶어요. 글 쓴 사람이 궁금해서 책방을 방문할 수 있게끔 말이죠.

  3년 전, 이런 상상을 해 보았다. 언젠가 한 번쯤 지금 걷고 있는 길과 전혀 다른 갈래로 걸어가는 내 모습을. 제법 구체적이었던 상상

속 모습에 다가가기 위해, 그 시점과 목표를 찾기 위해 틈틈이 읽고 쓴다. 처음엔 마냥 업무에 도움이 되기 위해 글을 잘 쓰고 싶었다. 회사에서 글을 잘 쓰면 손해 볼 일은 없어 글쓰기를 배우려 했다. 책을 읽고 인스타그램을 통해 리뷰하면서 누구나 읽고 싶은 서평 작성도 해보고 싶었다. 그렇게 읽고 쓰기를 지속하다 보니 새로운 꿈이 생겼다. 책방이란 건 하나의 형태에 불과할 뿐, 좋아하는 것들로 가득 찬 하루를 보내고 싶다. 그리고 나만의 일을 꾸리고 싶다. 매달 통장에 들어오는 돈에 연연하지 않고, 나에게 가치 있는 일을 찾아 즐겁게 살아가는 것이 인생 후반의 목표이자 엄마가 되고 난 후 새롭게 가지게 된 꿈이다. 꿈의 형태는 변해 가지만 즐기며 살고 싶은 내 삶의 철학은 더욱더 굳건해지는 느낌이다.

해를 거듭해 꿈의 모습을 다듬어 갈수록 그 속에 있는 내가 누군가에게 귀감이 되길 바란다. 사람 없는 텅 빈 곳이기보단 온화한 미소로 서로를 향해 웃을 수 있는 따스한 공간을 만드는 것으로 나의 꿈은 천천히 변화하고 있다. 사회의 때가 묻을 대로 묻은 내가 세상 가장 순수한 모습의 공간을 꿈꾸다니, 아이러니하다가도 어쩌면 다른 누군가도 들어서면 근심 걱정 사라지는 마법 같은 공간을 원하고 있지 않을까 생각해 본다. 사회생활을 오래 할수록 힘들고 지친다는 주변의 말을 자주 듣는다. 못 해 먹겠다는 말을 입에 달고 살지만, 터놓고 이야기하다 보면 어느새 격한 감정은 사그라들고 또다시 잘해보고 싶은 마음이 생길 때가 많다. 사람으로부터 치유 받고 다시 힘을 얻는 걸 보면 역시 사람이 힘이라 생각하면서 따스한 말 한마디 주고받는 공간을 상상하게 된다. 한결 부드러워진 내가 그곳에 함께 있는 모습을 말이다.

5

책이 있는 나만의 공간
'여네니 서재'

책을 읽고 글을 쓰기 시작하면서 인스타그램과 블로그를 함께 했다. 읽음에서 끝나지 않고 마음을 두드렸던 문장과 그로부터 흘러나온 내 생각을 기록해 두기 위해서. 처음엔 기록하는 게 쉽지 않았다. 남이 보는 글인데 존댓말을 써야 할지 편하게 반말을 써야 하는지에서부터 시작해 고작 몇 줄 적었는데 더 이상 쓸 말이 없어 마음에 드는 문장만 기록하는 경우가 대부분이었다. 공짜로 책을 받고 싶어 서평단을 신청해 읽은 책이 많았기에 나와 결이 맞지 않는 책도 많았지만, 누군가에게 보여 주기 위해 책을 읽어 나갔기에 기록의 속도를 늘리기에 이로운 점이 많았다. 책 한 권 읽지 않던 내가 일 년 동안 읽은 책이 150권 가까이 될 때도 있었으니 말이다. 남들은 어떻게 책을 읽고 글을 쓰는지 궁금해 참여했던 독서 모임과 글쓰기 모임에서는 한 권의 책을 깊게 읽고 기록하는 연습을 했다. 한 문장 한 문장을 곱씹고 지난 경험을 떠올리고 되뇌면서 책 읽는 즐거움을 쌓아 갔다.

그렇게 읽다 보니 읽고 쓰는 활동을 수익으로 연결해 보고 싶은 욕심이 생겼다. '남들도 다 하는데 나라고 못 하겠어?' 쉽게 생각해 버렸다. 코로나 시대를 시작으로 집에서 일하는 사람이 늘다 보니 N잡러, 파이프라인 늘리기가 유행처럼 번지는 시기였다. N잡러란 여러 가지 일을 동시다발적으로 진행하며 이익을 얻는 사람을 말한다. 회사 다니면서 나도 할 수 있지 않을까? 취미 활동에서 수익이 발생한다면 그 수익을 발판 삼아 사업으로 확장하거나, 회사에 다니면서 추가 수익도 내 볼 수 있을 것 같아 수익화를 염두에 두고 인스타그램과 블로그에 독서 기록을 남겼다.

이것저것 시도해 보면서 알게 된 바로 책 리뷰는 돈이 되기 어렵다는 것. 오직 돈을 위해 책을 리뷰하는 건 고통을 늘리는 일이었다. 아무리 블로그 리뷰를 남겨도 읽히지 않는 경우가 많았고 인스타그램의 팔로워 또한 띄엄띄엄 늘었다. 많은 사람이 쉽게 접근할 수 있는 맛집, 여행 정보, 유아용품 등은 광고 협찬도 많고 수수료도 많지만, 책이라는 물성은 많은 이들에게 다가가기 쉽지 않고 기껏해야 도서 제공, 적은 원고료 협찬이 대부분인 현실을 눈치채고는 수익을 내기 위해 다른 걸 리뷰하는 게 나을지 고민에 휩싸였다. 온라인 활동으로 돈을 버는 일이 그토록 필요한지 여러 차례 묻고 생각해 보아도 수입 자체가 중요하지는 않았지만, 책 읽고 글 쓰는 활동만큼은 놓치고 싶지 않았다. 나에게 책 읽기란, 언젠가 작은 책방의 사장이 되기 위해 필수적으로 쌓아가야 할 콘텐츠이자 나를 일으켜준 소중한 취미이기에 책 리뷰가 빠진 SNS는 내 것이 아닌 것과 다름없었다. 하루 9시간을 꼬박 머무르는 회사에서의 생활이 시간 노동자의 삶이라 생각할수록 온라인 세상에서조차 돈을 벌기 위해 시간을 낭비하고 싶지 않았다. 이곳에서만큼은 진심으로 재미있는 일을 하고 싶었다.

성장을 위한 사람들의 모임에 참여해 다른 이들은 어떻게 나아가고 있는지 염탐하기도 하고 무언가 배우기 위해 다방면으로 노력해 보기도 했지만, 이미 사업을 하거나 새로운 업을 시작하고자 하는 사람들이 대부분이었기에 나와 방향성이 맞지 않았다. 온라인 세상 속 끊임없이 목표를 향해 달려 나가는 사람들 틈에서 나는 늘 특별한 목표가 없는 직장인에 불과했다. 여러 요소가 스트레스로 다가오기 시작하면서 수익에 대한 욕심을 내려놓았다. 공식적으로 2개 이상의 업무가 불가능한 공직 생활이었기에 설령 열심히 해서 수익이 발생했다 한들 문제만 될 것이 분명했기 때문이다. 여기에도 저기에도 집중하지 못해 방황하는 나를 발견 하면서 N잡러를 위한 보여 주기식

온라인 활동에 대한 욕심을 버리고 그저 하고 싶은 것만 해 보기로 결심했다.

성과가 있을 것 같았으면 진작에 났을 법도 한 지난 몇 년의 시간, 여전히 느린 걸음으로 한 걸음씩 나아가고 있는 나를 보면 자괴감이 들기도 했다. 이 활동이 나에게 그토록 중요한 것인가? 남들과 똑같이 해서 뭐 하겠어, 남들처럼 돈벌이로 생각 말고 취미로 여기자. 글쓰기를 통해 조금 더 내밀하게 나에게 다가가기 위해, 포장하려 들지 않고 과감하게 내면의 생각만 표현하기로 마음먹었다. 소소한 취미 활동이 사회생활을 함에 있어 얼마나 긍정적인 효과를 만들어 주는지 이미 여러 차례의 경험을 통해 알고 있지 않은가. 나를 나 자신으로 살아가게 만들어 주고 삶의 즐거움과 자신감을 선사하는 취미 활동. 취미를 즐기는 일이야말로 앞으로 내가 나아갈 방향이라 생각하기로 했다.

그 길로 서평 활동에도, 온라인 독서 모임에도 참여하지 않았다. 그저 내가 읽고 싶은 책, 쓰고 싶은 글을 쓰면서 혼자만의 시간을 즐겼더니 오히려 책 고르는 안목이 넓어지고 글의 농도가 짙어졌다. 그토록 어렵다 생각했던 글쓰기도 부담을 내려놓고 다가갔더니 더욱 쉽게 진실한 문장을 써 내려갈 수 있었다. 그러다 보니 자연스레 다양한 콘텐츠가 쌓여 팔로워가 늘었고, SNS는 내가 좋아하는 책으로 가득한 온라인 공간이 되었다. 그 속에서 지금도 여전히 좋아하고 즐기는 일에 집중하면서 나만의 특별함을 찾기 위해 나아가는 중이다.

　모든 일은 즐거울 때 그 빛을 발휘하는 법. N잡러에 대한 욕심을 내려놓았더니 책 읽기와 글 쓰기는 진정한 취미가 되었고, SNS 속 책이 있는 공간 '여네니 서재'는 내가 좋아하는 것들로 가득한 나만의 책방이 되었다. 그곳에서 읽은 책을 기록할 뿐만 아니라 나만의 취향을 담은 책상, 내가 읽은 책들로 가득한 책장, 내 마음에 쏙 드는 필기구를 소개하기도 한다. 우리 집 귀퉁이 어딘가에서 시작된 나만의 책방. 바쁜 일상에 활력을 불러일으켜 주는 이 작은 공간이 지친 내 마음을 달래 주는 것뿐만 아니라 나와 비슷한 상황에 놓인 누군가의 마음에 가닿을 수 있도록, 오늘도 내일도 읽고 쓰며 나만의 취향 찾는 여정을 게을리하지 않을 것이다.

6

꿈꾸는 엄마, 한눈파는 회사원

정년이 보장되는 직장이야말로 최고의 직장이라 생각해 안정권에 들기 위해 아등바등 노력했던 20대의 적극적인 내가 기억 속에 아른거린다. 그로부터 15년 후, 나는 어떤 사람이 되었을까? 몇 번의 육아 휴직과 부서 이동, 진급 누락은 직장 내에서 살아가기 위해 나를 소극적인 사람으로 변화시켰다. 엄마가 되고 난 후, 어린아이들을 키우며 회사에 다닌다는 건 내 몸의 절반만 회사에 머무르게 함과 다를 바 없었다. 특히 아이가 아프거나 방학을 맞이할 때 밀려오는 안타까움과 안쓰러움은 몇 배나 크게 다가왔다. 몸은 여기 있어도 마음은 저기 있고, 아이의 교육에 대해, 학교생활에 대해 엄마들과 이야기할 때는 끊임없이 아이디어가 샘솟다가도 회의 시간엔 입을 다무는 나를 보면서 꼭 이렇게까지 회사에 다녀야 하는 걸까 오늘도 생각하게 된다. 일을 해야 할지, 하지 말아야 할지에 대한 고민은 세상 모든 엄마의 영원히 풀리지 않는 숙제일 것이다.

　오랜 회사 생활을 통해 내가 가장 잘하게 된 것은 그저 돈을 써서 힘든 상황을 무마하는 것. 바빠서, 힘들어서, 여력이 안 돼서 지금 당장 할 수 있는 일에 쉽게 지갑을 연다. 그리고 그 순간을 넘기면 어쩔 수 없이 또 돈을 벌어야겠다고 생각한다. 일하기 싫은 마음이 커질수록 이런 내 상황에서 벗어날 수 있을지 끊임없이 생각하고 나를 시험해 본다. 빚을 줄이기 위해 작은 집으로 이사를 가고, 쉽사리 돈을 쓰지 못하니 여행하는 횟수도 줄여야 한다. 아이의 학원 하나도 가볍게 등록하지 못하고 심심하면 들르는 문방구도 지금처럼 자주 가서 물건을 허투루 사지 못할 것이다. 학교를 졸업한 후로 끊임없이 일을 했기에 돈을 쓰는 것도, 돈에 대한 내 마음도 가벼웠다. 쓰고 사라져도 다음 달엔 차오를 것이기에. 그래서 내일이 없는 것처럼 오늘을 즐기고 마치 천성이 그랬던 것처럼 남들에게, 가족들에게 베풀며 살아왔다. 크지 않은 돈이지만 매월 통장에 채워지는 월급이 내게 안정감을 준 것이다.

　부정할 순 없지만 현실을 살기 위해 적당한 돈이 필요하다. 최소한의 돈인가 넉넉한 돈인가에 따라 삶의 질이 달라질 뿐 필요하다는 사실에는 변함이 없다. 어쩌면 돈에 지배당하는 삶, 돈을 벌면서도 언제나 모자람에 허덕이며 앞으로 나아가기만 하는 삶이 내가 살고 있는 현실이 아닐까. 그저 아등바등 살아가는 삶이 싫어서 책을 읽고 SNS를 하며 아늑한 나만의 공간을 꿈꾸지만, 과연 돈이 없는 내가 마음이 여유로운 사람이 될 수 있을지 여러 차례 묻고 시험에 들게 한다. 아파트 대출을 갚기 위해, 아이들 교육비가 많이 들어서, 여태껏 일구어온 노력의 시간이 아까워서라는 다양한 이유로 쉽사리 일을 그만두지 못한다. 그렇다고 일과 육아에만 집중하며 살기엔 내 삶이 없는 것 같아 틈새 시간을 공략하는 부지런한 엄마가 되어 본다.

하루 중 오직 나를 위한 시간, 새벽 일찍 일어나 책을 읽거나 글을 쓰고 SNS에 기록한 뒤 출근 준비를 한다. 엄마의 자존감 향상을 위해서는 나만을 위한 시간이 필수적으로 필요하기 때문에 언제나 잠들어 있던 새벽 시간을 깨어있는 시간으로 바꾸었다. 한 시간 남짓 고요한 혼자만의 시간, 무엇을 하든 자유인 나만의 시간 나만의 공간 속에서 새로운 꿈을 키워간다. 때론 도서 인플루언서였다가, 동네 책방의 사장님이었다가, 건물주가 되기도 한다. 관심 있는 주제에 대해 소소하게 책으로 공부하기도 하고, 그저 가볍게 읽은 후 마음속 속삭임을 노트나 SNS 한쪽에 기록하면서부터 하루의 시작이 여유롭고 풍요로워졌다. 그렇게 무언가 한 가지 해냈다는 마음으로 상쾌하게 하루를 시작하니 할 수 있는 일이 더 많아지고 자존감이 높아졌다. 비록 오늘 하루 속상한 일이 있거나 해내지 못한 일이 있더라도 아침 시간을 일구어 둔 힘으로 또 다른 내일을 기다린다.

　나만의 시간을 갖고자 숱하게 시도했던 새벽 기상은 워킹맘으로 살아가느라 지친 나에게 무엇이든 할 수 있는 용기와 나를 들여다보는 시간적 여유를 선물해 주었다. 새벽의 고요함 속에서 글을 쓰며 일상을 천천히 되돌아볼 수 있었고, 그 누구도 내 노력에 수고했다 잘하고 있다 토닥여주지 않아 스스로 나를 보듬어 줄 수 있었다. 내 마음을 이끄는 건 무엇인지, 힘들게 지속해도 지치지 않는 건 무엇인지, 더 잘하고 싶은 건 무엇인지 끊임없이 묻고 답하는 과정에서 내면이 단단한 사람이 되고 많은 것을 새롭게 꿈꿀 수 있었다. 그리고 내가 원하는 것이 무엇인지 조금 더 구체적으로 그려 볼 수 있었다.

　언젠가 지금 걷고 있는 길과는 다른 갈래의 길을 걸어보는 것, 나만의 스타일로 꾸민 공간을 가지는 것, 조금 더 여유롭고 너그러운 사람이 되는 것, 즐거운 인생을 사는 것 등 마음속에 그리는 꿈의 모습이 하나가 되고 점점 더 생생해지는 그날이 되면 과감하게 뛰어들고 싶다. 누가 뭐라 해도 내가 꿈꾸는 중년 이후의 삶을 펼치며 인생 2막을 시작하게 되길 바란다.

엄마의 꿈이란 건 있어도 그만 없어도 그만인 것. 하지만 꿈이 있는 엄마는 밝게 빛난다. 꿈을 가진 덕분에 뒤돌아서면 사라지는 시간을 귀하게 여기며, 엄마라는 역할에 갇히지 않고 다시 한번 나를 찾을 기회를 얻을 수 있었다. 꿈을 이루는 것도 중요하지만 그 모습에 가닿기 위해 노력하는 과정이 무엇보다 값지다는 걸 알기에 새하얀 백지 위에 새로운 꿈을 그리며 오늘 하루도 앞으로 나아간다. 꿈을 가지기에 늦은 나이란 어디에도 없다. 엄마가 된 후 새롭게 갖게 된 꿈을 이루는 그날을 상상하며, 오늘도 새벽의 활기찬 기운을 품고 꿈꾸는 엄마로, 한눈파는 회사원으로의 삶을 시작해 본다.

Chapter 7

꿈을 꾸고,
그 꿈을 향해
나아가는 엄마

박혜민

1

엄마는 꿈을 이룬 사람이야?

"엄마는 꿈이 선생님이었어?"

"그럼, 엄마가 너만 할 때 꿈은 선생님이었지."

"엄마는 꿈을 이룬 사람이구나!"

"엄마는 꿈꾸면 다 이루는 사람이야. 그런데 있잖아. 엄마는 아직도 꿈을 꿔."

매 순간 간절히 꾸었던 꿈들이 떠오른다. 교사, 결혼, 나와 그를 닮은 아이, 그 아이와 함께 살아갈 집으로 이사하는 순간들이 머리를 스쳐 간다. 그 꿈들을 모두 이루었다. 그리고 나는 지금 어떤 꿈을 꾸고 있지? 가만히 생각해 본다.

스스로 꿈꾼 것을 모두 이루었다고 이야기하면 이야기를 듣는 사람들은 놀란 토끼 눈으로 바라본다. 긍정적으로 말하면 그 꿈을 이루기 위해서 진정성과 간절함으로 살았고, 부정적으로 말하면 그 꿈을 이루기 위해 항상 전투적으로 살아왔다. 전투적인 삶에서 나온 말은 온도가 높아 화상을 입는 사람들이 있을 정도였다.

나의 이름은 혜민이다. 은혜 혜(惠)와 온화할 민(旼). 온화하게 살았으면 하는 부모님의 바람이었을까? 온화함을 떠올리면 서울중앙박물관 2층 사유의 방에 있는 반가사유상 부처의 미소가 떠오르지만, 내가 그런 온화한 미소를 가졌는지는 모르겠다. 하지만 그런 미소를 짓는 사람이고 싶다.

어린 시절 남동생과 학교 놀이를 하고 있으면 부모님은 늘 "혜민이는 교사해야겠다."라고 말씀하셨다. 학교에서 만났던 선생님처럼 되고 싶었다. 하지만 교사가 되는 길은 순탄치만은 않았다. 교사라는 꿈은 있지만 공부하지 않고 방황했던 나의 사춘기 시절, 장래 희망란에 교사라고 당당히 쓰지만, 무색할 정도로 공부는 하지 않았다.

그런 나를 교사로 만들고 싶었던 아빠의 권유로 지방 사립 사범대에 들어갔지만, 학생회 활동을 더 열심히 했다. 그랬던 내가 정신을 차리고 공부한 것은 아버지의 교통사고 이후부터였다. 평일엔 대학교 도서관에 불을 켜고 들어가, 불을 끄고 나왔다. 주말이면, 새벽 기차를 타고 노량진 공무원 학원으로 올라가 수업을 듣고, 깜깜한 밤 기차를 타고 내려왔다. 임용고시*에서 기적처럼 1차는 매번 붙었고, 아깝게 2차는 매번 떨어져 포기할 수도 없었다. 훗날 퇴근하고 돌아가는 길에 아빠가 계신 병원에 들러 아빠를 잠깐이라도 볼 수 있기를 바라며, 내가 살고 있는 지역의 선생님이 되기를 간절히 기도했다. (*임용고시: 각 지역의 교사 수급에 따라 인원을 공고하고 시험을 응시하여, 시험을 친다. 그때 시절 임용고시 시험은 1차는 전공과 교육학 필기시험, 2차는 면접과 수업 실연, 논술시험을 쳤다.)

그날은 조금 일찍 집으로 향했다. 계속되는 수험생활에 지친 날이었다. 만원 버스에 겨우 자리를 잡고 앉았을 때 "어머, 혜민이구나. 몇 년 만이야." 나를 부르는 소리에 숨고 싶었다. 지금 나의 상황은 누구에게도 보여 주고 싶지 않은 모습이었다. "오랜만이다." 친구는 소문으로 나의 상황을 이미 알고 있었다. 한참 근황 토크를 하다 내릴 때가 된 친구가 조용히 속삭였다.

"혜민아, 너 솔직히 고등학교 때 공부 안 했잖아. 네가 앞으로 가르칠 학생들에게 부끄럽지 않으려면 3년 정도는 빡시게 공부해야지.

다음에 또 보자. 그때는 선생님이 되어 있어야 해!"

내 표정을 읽었을까? 2차 시험에서 떨어질 때마다 다시 마음잡고 공부하기가 너무 힘들어 한껏 작아져 있던 나였다. 하지만 친구의 말은 고시 생활 3년의 의미를 부여해 주었고, 나는 그렇게 꿈을 이루었다.

오랫동안 갈망하면 이룰 수 있다는 것을 3년의 고시 생활을 통해 알게 되었다. 나처럼 오랫동안 교사가 되기를 원했던 사람이 또 있을까? 신에게 나를 교사라는 도구로 써달라고 기도했었기에 교사로 생활하며 힘든 일들도 견뎌 낼 수 있었다.

'나는 정말 꿈을 이루었을까?' 모두 잠자고 있는 새벽 글을 쓰기 위해, 운동하기 위해, 책 읽기 위해 일어나 활동하고 있는 나는 지금도 간절히 원하는 것을 이루기 위해 살아가고 있는 걸 보면 나의 꿈은 아직도 현재진행형이다. 꿈은 순간순간마다 열정적으로 살아갈 수 있도록 이끌어 주는 나의 원동력이다. 그 원동력으로 오늘도 전투적으로 살아간다.

②

적으면 이루어진다는 그 청원 카드

　나의 첫 발령지는 실업계 고등학교였다. 교리교사를 한 경험이 많아서였을까? 오랫동안 그 생활을 동경해서일까? 첫 발령 받고 주위에서는 신규라는 소리에 놀라워했다. 대학교 4학년 때부터 교수님이라는 소리를 들을 수 있었던 나의 외모 영향이었는지도 모르겠다.

　학교생활이 조금 익숙해지고 나서는 주변에서 중매를 서 주셨다. 그리고 덧붙이셨다. "무조건 세 번은 만나봐야 해." 밥을 먹고, 차를 마시고, 영화를 보고 그렇게 성실히 3번은 꼭 만났다. 그리고 아프신 아버지 이야기를 하면 자연스럽게 연락이 뜸해졌다. 그리고 알았다. 나의 어린 시절 든든했던 아버지가 이제는 선 시장에서는 숨겨야 하는 사실임을 깨달았다. 이후로는 선을 보지 않았다. 선이 아니라 정말로 나를 사랑하고 나의 아버지까지 보듬을 수 있는 사람을 만나야 함을 알게 되었다.

직장이 생긴 후 다시 봉사하겠다고 마음먹고 성당 문을 두드렸다. 그 시절 교리교사는 주로 대학생이었다. 나이가 많은 사람이 봉사하겠다고 성당 문을 두드리니 신부님은 단합을 위해 함께 성경 공부를 하기를 권하셨다. 천주교 대학 성경 모임을 통해 성경 공부를 하고, 연수를 다녀왔다. 그동안 공부한다고, 아프신 아버지 간호한다고 힘겨웠던 아픔까지 모두 치유된 것 같았다.

학기 중에는 성경 공부 봉사를 했고, 방학 때는 연수 봉사를 계속했다. 그 생활이 너무 좋아서 수녀님이 될까 생각도 했었다. 하지만 수녀님도 될 수 없었다. 수도 생활을 해서는 아프신 아버지를 돌볼 수가 없었고, 무엇보다 수도자는 재산이 없어야 한다. 즉 빚도 없어야 했다. 내가 가지고 있는 빚으로 수도자가 될 수가 없었다. 지금 되돌아보니 믿음이 신실하여 연수 봉사를 오래 한 것이기보다는 연수 봉사가 그 시절 나의 유일한 숨구멍이고 안식처였던 것 같다. 매번 연수 봉사 들어갈 때마다 청하고 싶은 기도를 적는 청원 카드에는 언제나 성가정*이 쓰여 있었다. 어린 시절 나의 꿈이었던 교사를 장래 희망란에 쓴 것처럼 이제는 그 자리에 성가정을 계속 쓰고 있었다.

(*성가정: 믿음의 가정으로 예수, 마리아, 요셉으로 구성된 가정처럼 믿음의 가정.) 학교의 나와 비슷한 또래 선생님들이 하나둘 결혼을 할 때쯤 나를 아끼시던 무서운 학생부장 선생님이 물으셨다.

"박샘은 왜 결혼을 안 해?"
"저요? 결혼하고 싶지요. 근데 성당 다니는 남자를 찾을 수가 없어요."
"뭐라카노! 성당 다니는 남자 중에서 눈이 또렷한 인간들은 신부님이나, 신학생들뿐이다. 거기서 찾으려고 하면 안 돼. 밖에서 찾아서 믿게 해야지."

아!! 머리를 한 대 맞은 것 같았다. 성당에서 만나는 남자들은 정말 나보다 한참 어려 군대 가기 전 대학생들이거나, 아니면 정말 신부님이나 신학생들뿐이었다. 이번 생에는 결혼할 수 없는 건가?

신규로 발령을 같이 받았고, 늘 붙어 다녀 학생들 사이에서 나와 쌍둥이라 불렸던 선생님에게 전화가 왔다. 그녀는 교내 학교 총각 선생님과 비밀 연애를 하고 있었고, 나만 그 사실을 알고 있었다. 학교에서는 그 총각 선생님과 내가 잘되었으면 하고 바라시는 분도 있었다. 나는 비밀을 주위에 알릴 수도 없고, 눈치 없이 둘 사이에 끼게 되는 일이 잦았다. "둘만 연애하지 말고 나도 소개팅 좀 시켜줘요."
라고 말하면 주변에는 소개해 줄 만한 괜찮은 사람이 없다는 말이 돌
아왔다.

"샘. 소개팅 나가요."
"아니요. 안 나갈래요. 나가도 뭐, 똑같은 반복일 건데 ……."
"이 사람은 다를 거예요. 뭐, 꼭 사귀어야 하나. 일단 사람이 좋으
니 만나 보세요."

그렇게 그를 만났다. 그는 나이가 있어 그런지 솔직한 사람이라 그
런지 처음 만난 자리에서 붕어빵 팔았던 이야기, 택배 기사로 일했
던 이야기, 공장에서 힘겹게 일했던 이야기를 마구 꺼내놓았다. 아
프신 아버지를 곁에서 지키고 있던 엄마를 보며 알게 되었다. 부부는
그 어떤 상황에서도 함께할 수 있어야 했다. 삶에서 바닥을 쳐 본 사
람을 만나고 싶었고 그는 그런 사람이었다. 하지만 나에게 가장 중요
한 것이 남아있었다. 성당을 다니지 않던 그에게 "나와 함께 성당에
갈 수 있어요?"라고 물으니 "지금부터 가면 되지요."라는 대답을 들
었고, 그때 내리던 시원한 소나기에 우린 함께 우산을 썼다. 그렇게
1년을 만나고 다시 여름이 왔을 때, 우리는 결혼했다.

3

7월 7일, 그 이후

그와 결혼한 날은 7월 7일이었다. 그때까지만 해도 여름에는 결혼을 잘 하지 않았다. 사고를 쳐 불가피하게 일찍 결혼해야 하는 사람들만 여름에 결혼하던 시절이었다. 나는 사고를 치지 않았지만, 여름에 결혼했다. 결혼식장 잡기도 편했고, 여러 가지 비용도 저렴했으며 이상하게 생각하는 다른 사람들의 시선보다는 그저 하루빨리 그와 함께 살고 싶었다.

결혼할 때 내면의 힘이 있는 사람과 결혼하고 싶었다. 그와 나는 내면에는 힘이 셌지만, 수중에 돈은 없었다. 그는 대출받아 그럴듯한 아파트를 하나 사서 신혼을 차리자고 했지만, 난 그 집에 혼수를 채울 자신이 없었다. 그리고 그가 대출받아 산 아파트 이자를 갚을 자신도 없었다. 우리는 작은 집에서 전세로 시작했다. 정말 작은 집이 었지만 세상 어느 곳보다도 아늑했다.

그 아늑한 나의 공간에 다른 사람들을 초대할 수가 없었다. 두 제 자만 유일하게 초대했다. 양쪽 부모님의 도움 없이 결혼하고 살아가 고 있는 그대로 모습을 보여 주었다. 그렇게 신혼을 6개월 정도 보내 고 엄마가 되어야겠다고 생각했다.

감사하게도 그 생각은 현실이 되었다. 배 속의 아이가 커질수록 나 의 꿈도 커졌다. 내 몸이 변했고, 점점 내 마음도 변해갔다. 결혼 전 에는 돈이 중요하지 않았고, 나는 돈 없이도 행복하게 살 사람이었 다. 하지만 아이를 키우는 데는 많은 돈이 필요했다.

출산휴가를 냈지만 아이는 세상에 나올 기미를 보이지 않아 순산 을 위해 많이 걷고 운동해야 했다. 그래서 집 근처를 걸었다. 걷다 보 니 집 앞에 어린이 도서관이 있었다. 매일 그렇게 걸어 도서관에 가 고, 그곳에서 책을 읽었다. 정말 좋은 엄마가 되고 싶다는 욕망이 커 서일까? 아이가 늦게 태어나서일까? 그 도서관에 있는 육아서를 모 두 다 읽고 유도 분만을 하러 갔다.

좋은 엄마가 되기 위한 마음가짐은 준비했지만, 주변 환경의 준비는 미흡했다. 그리고 조금 후회했다. 그의 말을 듣고 무리해서라도 신혼집을 구매했어야 했나 보다. 그것이 레버리지란 걸 뒤늦게 책을 통해 알았다.

그때 도서관의 책을 원 없이 읽었던 힘은 아이가 태어나고 재테크 서적을 열심히 읽는 원동력이 되어 주었다. 엄마가 되고부터는 많은 것이 달라졌다. 복직하고 나의 수업도 달라졌다. 그전에는 철학자들의 삶을 통해 살아가는 힘을 일깨우는 수업이었다면, 이제는 경제적으로 살아가는 힘에 중점을 두었다.

나의 의도대로 수업이 되었는지는 모르겠지만 나의 신혼집에 초대했던 두 제자는 직장을 구하고, 결혼하고, 각자의 삶을 잘 살아가고 있다. 다른 제자들도 교과서의 죽은 경제학자 이야기에서 머무는 것이 아니라 자신 현재의 삶을 잘살고 있지 않을까 생각한다.

자본주의 사회에서 자본 없이 살아가기는 너무 힘들다. 자본이 돈은 아니지만, 돈으로 하루빨리 자본을 가질 수 있다. 돈이 삶에서 최우선은 아니라도 돈이 있으면 편하게 사는 세상이다. 그래서 학생들에게 잔소리처럼 자신들이 소비하고 있는 사교육비에 관해서 이야기한다. 대학의 간판보다 대학 등록금에 관해서 이야기한다. 자신이 하고자 하는 일에 대학 졸업장이 필요하지 않으면 가지 않아도 된다고 말이다.

"윤리샘이 우리 엄마면 좋겠어요." 그 말에 내가 현실과는 다른 이야기를 하고 있음을 깨달았다. 나는 인문계 교사로 내신 등급을 내야 했고, 수능 만점을 배출해야 했고, 학교생활 기록부에 이 아이가 대학 가서 얼마나 훌륭히 수업해 낼 아이란 걸 적어 주어야 했다.

대학을 향해 전력 질주하는 학생에게 힘 빠지는 소리를 하고 있었다. 혼자서만 세상이 쫓아가는 것을 의미 없다고 소리치고 있었으니, 학생의 현실과 동떨어진 이야기를 하고 있었다. 나는 학생과 같은 공간에 있었지만, 나의 이상과 학생의 이상은 달랐다.

4

보라색 바지, 회색 줄무늬

"그런데, 어머님 큰 병원 한 번 가 보시는 것이 좋을 것 같아요." 둘째가 폐렴이 완치되어 퇴원하는 날 담당 의사에게 들은 말이다. 의뢰서를 들고 지역 대학 병원에 갔다. 그리고 더 큰 서울의 대학 병원을 찾았다. 온 가족이 새벽부터 차를 운전해서 병원에 가서 진료를 보았다. 추후 결과를 보기 위해 다시 그렇게 가는 것은 생각만 해도 힘들었다. 검사 결과를 들으러 아이와 나 단둘이 KTX를 타고 갔다.

아이와 소풍 가듯 갔다. 병원 안에서 점심을 먹고 진료 시간까지 기다려야 했다. 병원 푸드 코드에서 밥을 먹고 빈 그릇을 가져다 놓기 위해 일어났다. 아들은 옆자리에 앉은 아이의 핸드폰을 어깨너머로 보고 있었다. 그릇을 가져다 놓는 것은 30m도 되지 않았다. 나는 퇴식구에 그릇을 두고 돌아왔다.

 그릇을 두고 돌아오니 아이가 보이지 않는다. 옆자리 앉아 있던 아이에게 아들을 못 봤냐고 물으니 모르겠다는 대답이 돌아왔다. 정말 귀신이 곡할 노릇이었다. 아주 잠깐, 먹은 그릇을 퇴식구에 가져다 놓고 돌아온 시간은 1분도 되지 않았는데 아이가 없어지다니……. 주변에 물어보고 안내 센터를 찾아가 방송을 요청했다. 아이의 입은 옷을 이야기하고 나의 전화번호를 남기고 돌아왔다. 돌아오는 길에 밖으로 통하는 문이 보이는 순간 가슴이 철렁 내려앉았다. 방송은 나오지 않았다. '아이가 문밖으로 나갔다면 어떻게 하지?'라는 생각이 머리를 스쳤다. "보라색 바지, 회색 줄무늬 옷을 입은 다섯 살 남자아이를 찾습니다." 미친 여자처럼 뛰어다니며 소리를 질렀다. 그제야 방송이 나왔다. 사람들이 나를 쳐다보는 것은 상관없었다. 빨리 아이를 찾아야만 했다.

 사람들이 웅성거리며 나에게 손짓했다. "아기 엄마, 남자아이가 화장실에서 울고 있어요." 남자 화장실이든 상관없었다. 나를 도와준 것은 나와 비슷한 또래의 아줌마였다. 아이를 안고 한참을 울었다. 찾아서 다행이라고 안아 주었다. 식당이 너무 넓었다. 칸막이에 가려진 부분에 더 넓은 공간이 있을 것이라고는 상상도 못 했고, 아이 키보다 높은 칸막이 뒤에서 아이는 나를 찾고, 난 그곳이 아닌 곳만을 찾아다녔다.

그 이후 아이의 검사 결과는 전혀 중요하지 않았다. 아이를 잃어버릴 뻔했다가 찾은 나는 아이가 아프더라도 내 곁에 있다는 것만으로 감사했다. 서울 병원에서 검사 결과를 듣고, 집 근처 대학 병원에서 정기적인 검사를 받는다.

아이 병원 진료를 보러 갈 때마다 직장 눈치를 보아야 한다. 구구절절 사연을 이야기해야 하고 정기적인 검사이기에 정기적으로 자리를 비워야 한다. 다른 선생님과 교체해 모든 수업을 당겨서 하고 있다. 석 달마다 검사를 받는 것이 생각보다 너무 자주 돌아오는 것처럼 느껴지기도 하지만 그래도 어쩔 수 없다. 아이가 스스로 병원에 갈 수 있을 때까지는 함께 가야 한다.

나의 직장인 학교에서 학부모님들을 만나면 현재 나의 아이들보다 큰 아이들이니 어찌 보면 아이를 키우는 데는 나보다 엄마 선배님들이다. 이런 선배 어머니들에게 훨씬 어린아이를 키우고 있는 엄마가 조언하는 것이 받아들여질 수 있을까? 나는 아이를 잃어버렸던 그날의 소중한 교훈을 잊을 수 없다. 그때 아이를 찾아 준 아줌마를 잊을 수가 없다. 칸막이에 가려서 나의 아이가 보이지 않았던 것처럼, 어쩌면 내가 가르치고 있는 학생의 부모도 현실의 칸막이에 가려서 중요한 것을 보지 못하고 있을 수도 있다. 소중한 나의 아이를 찾아 준 그 분처럼 나도 내가 가르치는 학생들의 부모님을 돕고 싶다. 아이가 곁에 존재한다는 것만으로 감사하다는 것을.

아이가 아플 수도 있다. 아이가 아픈 것은 누구의 잘못이 아니고 그냥 우리에게 주어진 일이다. 그 일에서 우리가 할 수 있는 일은 병원을 정기적으로 가서 검사받는 것, 의사가 처방해 준 약을 꾸준히 먹는 것이다. 몸이 아프든 마음이 아프든 돌보아야 하는 것은 같다. 엄마가 되니 나의 건강만큼 내 아이의 건강도 소중하다. 아프지 않은 건강함을 소망하는 것이 아니라 어떠한 상황이라도 감사히 그리고 겸허히 받아들이며 아이 곁에 함께해 주는 엄마가 되어주는 것이 나의 꿈이다.

세상에 귀하지 않은 아이는 없다. 모든 집에서 귀하고 소중한 아이란 것을 알기에 엄마의 마음으로, 학교에서 아이들을 만난다. 수업태도 좋고, 누구보다 열심히 수업을 듣고, 공부했던 아이들이 내신등급과 수능등급에서 1등급을 받지 못했을 때 좌절하는 모습을 보면서 너무 마음이 아팠고, 모두에게 1등급을 줄 수 없어 한 줄로 세워야 하는 교육 현실이 비통했다.

 아이를 핑계로 휴직도 하였고, 꽤 오랜 시간 담임을 맡기도 어려웠다. 방학 중 걸려 온 전화, 교장 선생님이었다. 그 부탁을 거절 못해 부장이 되었다. 학교에서 아이들을 가르치는 일과 함께 부서의 장이 되어서 일을 해야 했다. 나는 아무도 시키지 않았지만, 학부모 교육을 꾸려서 집단상담을 진행했다. 학교 도서관의 자율학습실 관리를 누구보다 열심히 관리했다. 그렇게 후회 없는 1년을 보냈다. 후회는 없을 만큼 열심히 살았지만, 무엇인가가 허전했다. 내가 꿈꿔 왔던 교사의 모습은 이런 모습이 아니었다. 나는 결심했다. 이곳은 내가 있어야 할 곳이 아니다. 떠나자.

자유를 사랑하는 아이

나는 볕 좋은 날 파란 바다를 보며, 모래사장을 걷는 것을 좋아한다. 그렇게 걷고 있으면 정말이지 자유롭다고 느낀다. 나는 정말 자유를 사랑하고 자유를 추구하는 삶을 살아가고 있다. 자유를 사랑하는 나는 고등학교 시절 야간 자율학습이 너무 힘들었다. 그 시절에 내가 있는 학교는 자유로운 내가 있기에 너무 좁았다. 마치 닭장 같았던 그곳이 싫었다. 그런데 그 닭장 같은 교실을 지키는 일을 1년 동안 하고 있었다. 마지막 야간 자율학습 감독을 마치던 날 스스로 물었다. '네가 있고 싶은 곳이 여기야?'

한 번씩 길을 잃을 때 듣는 노래가 있다. 〈꿈꾸지 않으면〉은 경남 산청에 있는 대안학교인 간디학교의 교가다. 사범대학 학생회 시절

학생회장의 공약으로 교육봉사활동을 꾸려야 했다. 학생회장의 고향이었던 경상북도 경주 안강읍으로 여름방학 때 교육봉사를 가기로 했고 그 준비는 내가 속한 사범대학 학생회에서 모두 해야 했다. 나는 그 시절 기획부장이었다. '햇살 학교'라 이름을 붙이고, 하나하나 준비했었다. 그때 만들었던 교재가 가보처럼 보관되어 있다. 그때 나는 무엇을 꿈꿨을까? 내가 무엇을 그들에게 가르쳤는지는 기억나지 않지만, 초등학교 아이들과 자유롭게 놀았던 기억은 있다.

'공립형 대안학교 교사 공모 안내'라는 메시지가 왔다. 나는 평소 내 업무가 아니면 공문은 찾아보지 않는다. 교무부장 선생님이 친절히 안내해 주지 않았다면 그 사실을 몰랐을 것이다. '내가 사는 지역에 공립형 대안학교가 있다니.' 검색에 들어간다. 홈페이지에 들어가서 보니 그 학교에서 이루어지는 교육과정은 환상적이다. 내가 좋아하는 듀이의 경험 중심 교육과정을 중심으로 여행을 통해 배우는 학교다. 정해진 교육과정은 여행이며, 학년마다 국어, 사회를 제외하고는 교사들의 재량에 의해 구성이 되는 '각종 대안학교'. 이런 곳에 자리가 있다니 공모에 원서를 내어 보아야겠다.

그에게 전화를 걸었다. "공모 자리가 났는데, 너무 가 보고 싶어." 그는 "네가 힘들지 않다면 잘 생각해 보고 결정해." 내가 하고 싶다는 일에 절대 NO라고 말하지 않는 그지만, 그의 대답에는 걱정이 실려 있었다. 자기소개서를 작성하고 지원서를 작성한 후 전화를 했다. 함께 근무했었던 선배 선생님이 그 학교에 계셨다. 최근 몇 년 동안 연락 한 통 못 드렸지만, 항상 언니같이 이해해 주셨던 분이라 용기를 냈다.

교사 면접을 보러, 처음으로 그 학교에 가보았다. 면접 장소는 학교 도서관이었다. 학교 도서관은 내가 지키고 있던 도서관과 달랐다. 카페 같았다. 가지런히 꽂혀 있는 책들, 아이들이 편하게 책을 읽을 수 있는 공간, 따뜻한 곳이었다. 그곳에서 책을 읽고 수업하는 나를 상상했다. 예전 처총모임(학교 안의 처녀와 총각)의 선생님도 10년 만에 뵈었다. 그분도 면접을 보기 위해 오셨다. 그분을 통해 이미 이 학교에 계신 내가 알고 있는 선생님의 이야기를 듣게 되었다. 내가 좋아했었던 선생님들이 이미 이곳에 와 계시는구나. 오랜만에 만나서 이런저런 이야기를 하다 보니 긴장이 풀렸다.

면접에서 역할극도 했다. 당황스러웠지만 재미있게 면접을 즐겼다. 아마 교장 선생님이고, 교감 선생님, 주요 부장 선생님이셨을 것이다. 내가 합격하든 합격하지 않든 내가 하고 싶은 교육에 대해서 실컷 이야기하고 나왔다. 결과는 이제 하늘에 맡겨야지. 면접을 보고 나와서 다시 한번 도서관을 살펴보고, 내 다음으로 면접을 보러 들어가신 선생님을 기다린다는 핑계로 그 공간에 조금이라도 더 머물고 싶었다.

"박샘, 대안학교에 가는 거야? 근데 잘 어울린다." 칭찬일까? 대안학교와 잘 어울린다고 말하는 것을 보니 어찌 되었든 내가 자유로움을 사랑하는 것을 타인도 아는가 보다. 그곳으로 간다고 생각하니 두렵기도 했지만, 설레기도 했다. 학교 교육과정은 선생님들이 구상하고 만들어 넣어야 하니 내가 상상하는 것을 현실로 이룰 수 있겠구나. 그러기 위해서는 길고 긴 회의의 반복은 피할 수 없었지만, 그 회의도 신나게 즐겼다. 대학 시절 햇살 학교를 구성할 때 맨땅에 헤딩하던 추억이 떠올랐다.

내가 가르치고 싶었던 것, 학생들과 함께 해 보고 싶었던 것, 10여 년간 가슴 속에 있었던 나의 자유로움을 마음껏 꺼내 놓았다. 원 없이 모두 쏟아 냈다.

다시, 꿈꾼다

3월 첫 수업을 하고, 나의 포부는 이상이었음을 알게 되었다. 현실은 처참했으며 내가 꿈꿨던 이상은 현실과 달랐다. 처음 수업을 집단상담 형식으로 한다고 했을 때 다른 선생님의 걱정과 우려는 현실이 되었다. 너무나 자유로운 아이들, 각자 상황이 너무나 다른 아이들의 집단상담은 이루어질 수가 없었다. 처음부터 집단상담으로 구성될 수 없는 아이들과 집단상담을 계획했으니, 이것은 나의 욕심이었다.

하지만 문제는 해결하면 된다. 첫 수업을 하고 교장실을 찾아가야겠다고 마음먹었지만, 실제로 찾아간 것은 한 학생이 교실을 뛰쳐나가고 모든 학생이 보는 앞에서 모욕적인 말을 들은 이후였다. 교장선생님께 수업을 방해하는 학생을 분리해 달라고 요청했지만 그럴 수 없다고 말씀하셨다. 단 한 명의 아이도 포기할 수 없다는 것이었다. 나 역시 그 학생을 포기하겠다는 말은 아니었다. 별도로 교육할 수 있게 분리해 달라는 말이었다.

나는 그곳에서 싸우고 있었다. 바보스러운 싸움이었다. 편하게 갈 수 있는 길이 있는데, 그것도 나의 이익과 관련이 없는데도 말이다. 그래도 싸웠다. 바뀌지 않아도 이야기했고 고집스럽다 소리를 들어도 지지 않았다. 나의 이상과 현실이 같지 않다고 해서 가만히 있을 수 없다. 나의 이상이 현실이 될 수 있도록 계속 싸웠다. 교장실을 찾아갔지만, 그 학생이 내가 싫어서 수업에 참여하지 않는 것으로 결론이 나 버렸다. 별도로 분리해서 수업을 진행하고 싶다는 나의 욕심은 그 학생의 거절로 끝이 났다. 마음이 아팠고, 그 학생이 마치 배제된 것처럼 보였다. 하지만 나는 다른 학생들에게 현실의 환경을 바꿀 수 있음을 알려 주고 싶었다.

"졸업하기 싫어요. 4학년이 있었으면 좋겠어요. 아니 다시 1학년으로 입학하고 3년 다시 다니고 싶어요."라고 말하는 졸업을 앞둔 아이들도 있다. 이곳의 아이 중 일부는 다시 사회로 나가는 것에 대해 두려워했다. 아니 사회로 나갈 수 없는 아이들이 있었다. 그런 아이들이 나를 다시 꿈꾸게 한다.

사람은 누구나 행복하고 싶고, 잘 살고 싶어 한다. 하지만 '어떻게 사는 것이 잘사는 것이지?' 그 방법을 잘 모르는 사람들이 많은 것 같다. 할 수 있는 것이 자기 손에 주어져 있는 핸드폰으로 유튜브를 보는 것, 게임을 하는 그것밖에 없는 아이들을 보면 안타깝다.

나에게 새로운 꿈이 생겼다. 학교를 졸업하고 사회로 나가지 못하는 아이들에게 일자리를 제공해 주고 싶다. 경쟁에서 소외되어 아파하는 아이들을 안아 주고 싶다. 경쟁 말고도 살아가는 방법을 함께 찾고 싶다. 몸과 마음이 아픈 아이들이 제대로 치료받고, 몸과 마음이 건강해져서 사회의 구성원으로 자리 잡기를 꿈꾼다. 아이들이 있는 그대로의 모습으로 존중받으며 존재하도록 돕고 싶다.

내가 먼저 깃발을 들 것이다. 세상을 살아가는 것이 문제의 정답을 찾기 위해 사는 게 아닌 것처럼 삶에는 정해진 답이 없다. 세상에 존재하는 것은 모두 다르기에 그저 자유롭게 살면 된다. 내가 선택하지도 않았지만 자연스럽게 경쟁시키는 사회에서 내가 자유를 선택하는 방법은 그 경쟁을 거부하는 것이다. 경쟁을 거부하고 각자 살아가면 된다. 타인에 의해서 평가받는 사회가 아니라 내가 나를 사랑하며 삶을 살아가면 된다.

내가 먼저 그런 삶을 살아가겠다. 삶을 살아가는 모습을 보여 주겠다. 내 생각을 널리 널리 퍼트리겠다. 그런 가치를 지지하는 사람들이 모일 것이다. 나는 하루하루를 마지막 날이라고 생각하면서 산다. 한 해 한 해 만나는 학생들이 나의 마지막 제자들이라고 생각하고 만난다. 일을 배우고 일하고 싶은 이는 일을 하고, 스스로 자신의 삶을 살아갈 수 있도록 기회를 만들어 주고 싶다. 몸이 아픈 아이들이든 마음이 아픈 아이들이든 건강한 아이들이든 누구나 하고 싶다면 할 수 있는 일자리를 만들고 싶다. 그곳에 나의 제자들이 함께하면 더없이 좋을 것 같다.

나는 어제보다 나은 오늘, 오늘보다 발전한 내일을 꿈꾼다. 지금 내가 꿈꾸고 있는 이상이 현실의 모습이 되었을 때는 어떨지 모르겠다. 그 모습은 항상 최선일 것이라 믿는다. 나는 나를 믿기 때문이다.

"엄마 꿈이 뭐야?"

"엄마 꿈은 많은 일자리를 만들어서, 엄마 학교 언니, 오빠들 다 취직시켜 주고 싶어."

꿈을 꾸고, 그 꿈을 향해 나아가고 있다. 그날이 머지않았음을 느낀다.

Chapter 8

당신 인생의
주인공이 되어라

황태경

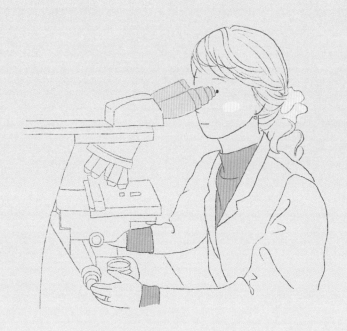

지잡대 나온 계모

난 학창 시절 개구쟁이였다. 여자라기엔 무늬만, 주민등록증 앞자리만 숫자 2였다. 대학교 때 한창 유행이었던 전지현이 나온 영화 〈엽기적인 그녀〉가 아니라 '엽기적인 그놈'이 내 꼬리표였다. 쾌활한 나의 꿈은 유전공학자다. 포메이토처럼 지상부에는 토마토, 지하부는 감자를 육종하는 유전공학자. 밥 먹는 것이 귀찮은 사람들을 위해 하루에 한 끼만 먹어도 배부르고 건강상 모든 영양분이 다 있는 식물을 육종하는 과학자이자 식물 박사가 꿈이었다.

나는 대구에서 태어나 초등학교부터 대학교까지 지방에서 졸업했다. 집 앞에 국립대가 버젓이 있는데 집에서 1시간 더 걸리는 곳, 국립대와 비교해 등록금이 3배나 차이가 나는 사립대에 다녔다. 전공은 나의 바람대로 농학과로, 다시 말해 농대에 진학했다. 대학교 입학하자마자 실험실에 들어가서 유전공학, 토양, 비료 등 여러 분야를 배웠다.

결국 토양 비료학 실험실에서 대학교를 졸업하고, 그 실험실에서 석사과정을 시작했다. 공부가 재미있어서 석사를 진학한 게 아니라 취업할 곳이 없었다. 대학교 다니면서 제대로 연애 한번을 못 해보고 뭘 했는지 시간이 훅 지나갔다. 4년이란 세월이 야속할 정도로 취득한 자격증도 운전면허증 하나가 다였다. 떨어지는 낙엽을 보면 날 보는 것 같아 지금도 그때만 되면 우울한 기억에 초겨울을 너무 싫어한다. 그래도 다행인 건 전공 분야 학점을 잘 받아서 장학금을 받고 대학원을 진학한 것 정도일까?

예전엔 여자가 농업 관련 전공 분야에 취직하고 싶어도 취업이 어려웠다. 여직원을 연구원으로 뽑지도 않았다. 그래서 어쩔 수 없어 대학원에 입학하게 되었는데 연구원조차 여직원을 뽑지 않아 결국 정부 기관이나 정부 투자기관인 공사에 시험을 응시해 취업해야만 했다. 대학원을 다니며 각종 시험을 봤지만, 쉽지 않았다. 그래도 끝없는 노력으로 농촌지도사 시험은 한 번에 합격할 수 있었다.

결국 석사 3학기 때 134:1이라는 경쟁률을 뚫었다. 시험만 봤지, 합격은 기대도 하지 않았다. 간절히 바라면 이루어진다더니 그 말이 진짜였다는 걸 그때부터 느꼈다. 꿈에 그리던 직장생활을 시작했지만, 여자라는 이유로 기술 파트에 보내주지 않는 것이 2000년대 현실이었다. '여자도 잘할 수 있는데!' 절반쯤은 오기로 직장 생활하며 박사과정까지 등록했다.

결국 결혼과 육아를 동시에 하면서 눈물겨운 노력 끝에 10년 만에 박사 학위를 취득했다. 지방대에서 국립대 박사과정을 등록하려니 후배는 물론이고 선배도 없어 힘겹게 해냈다. 직장을 다니면서 학교를 병행해야 하니 연가 내기가 눈치 보여 자주 수업에 참석하지 못했다. 남들이 쉬운 과제를 다 선택하고, 어려운 숙제만 남아서 나는 선택사항 없이 해내야만 했다. 다른 학생들보다 나이도 10살이나 많고, 유전 전공 분야도 아니라 어디 물어볼 데도 없어 교수님께 직접 여쭤보기도 했다. 그러면 교수님은 "학부 때 안 배웠냐? 모르면 학교에 와서 배워야지. 왜 출석을 안 했냐?"고 면박을 주셨다. 반박하고 싶었지만 사실 다 맞는 말씀이었다.

'내가 돈 쓰면서 왜 이렇게 욕까지 먹으면서 학교에 다니지?' 화장실에서 몰래 눈물 훔칠 때도 많았다. 늦은 나이에 도전하기가 어려워서 다시 돌아가거나 모든 것을 놓아버리고 도망치고 싶을 때도 많았다. 하지만 내 삶엔 도전한 이상 그만둔다거나, 삶의 갈림길에서 포기한다는 선택지는 없었다.

등록금만 2,000만 원가량 투자했기에, 신랑은 "학교 안 갔으면 벌써 빚 갚고 남았다."고 자극제 역할을 했다. 없는 살림에 소형차 값을 이미 나에게 투자했기에 무조건 박사 학위를 취득해야만 했다. 삶은 우리에게 끝없는 도전과 역경을 안겨준다. 하지만 결코 넘지 못할 벽은 없다고 생각한다. 마지막까지 포기하지 않고 도전한다면 언젠가는 꼭 해낼 수 있다는걸. 간절히 원하고 바라면 이루어진다.

연애 경험이 없던 내가 "결혼은 잘생긴 남자와 할 거야."라고 선언했더니, 정말 잘생긴 신랑을 같은 직장에서 만나 결혼에 골인했다. 아직도 신랑은 혼자 살아야 할 팔자를 구제했다며 "인생의 은인으로 알고, 나한테 잘해."라며 으스댄다.

눈에 넣어도 안 아플 내 사랑하는 아들들에게 현명한 엄마라 불리고 싶지만, 지금의 나는 욕 잘하는 엄마, 급발진 잘하는 엄마다. 언젠간 아이들도 알게 될 거다. 지금은 지잡대 나온 계모로 불릴지언정 사실은 꿈을 꾸고 이룰 줄 아는 엄마라는 것을.

② 산전수전 공중전 다 겪은 워킹맘

나는 일하는 엄마로서 아이들을 생각하면 항상 죄책감으로 힘들었다. 대부분의 사람들은 아이들이 어릴 때가 가장 그립다고 한다. 나역시 다시 예전으로 돌아간다면 뭐든 해 주고 싶고, 보고 싶은 순간들도 많다.

첫 아이를 출산하고 직장에서 처음으로 육아휴직을 사용했다. 태어난 지 2주 만에 사경(희귀 질환으로 비틀어지고 기울어져서 아픈 목을 말한다. 일반적으로 머리가 한쪽으로 기울어지고 턱은 반대쪽을 향해 기울어진다. 기운목이라고 부르기도 한다.)이 발견되었기 때문이었다. 제왕절개 수술이 잘못되어 사경이 올 수도 있다고 하니 아이가 아픈 탓이 나 때문인 것 같아 죄책감에 더 힘들었다. 결국 나는 조리원에서부터 조리도 제대로 못 하고, 종합병원에 매일 가서 사경에 도움이 된나는 물리치료를 받았다.

시댁 아가씨가 사경에 전문가인 작업치료사여서 대구에서 대전까지 기차를 타고 다니며 치료를 받기도 했다. 출산하고 제대로 조리도 못 해 고단한 몸을 이끌고 이른 시일 완치를 목표로 먼 곳까지 다니곤 했다. 10kg이나 되는 아이를 아기띠에 메고 매주 기차에 몸을 실었다. 그런 아이의 치료를 채 다 끝내지 못하고 복직해야 하는 상황이 되었다.

아픈 아이를 시어머니께 맡기고 평일에는 가끔, 주말에만 가서 아이를 볼 수 있었다. 지금도 첫 아이가 스스로 발을 딛고 일어나 걷는 모습을 함께 하지 못한 게 눈물 날 정도로 한이 되었다. 그렇게 낳은 아이를 힘들게 키우면서도 행복한 엄마가 아닌 죄책감 가득한 죄인 엄마였다. 아이가 15개월 되었을 때 시어머니께서 농사를 시작해야 했기에 아이를 데리고 와 함께 살았다. 사실 아이와 함께 있고 싶었던 나만의 욕심으로 내린 결정이었다.

뒤늦게 어린이집을 알아보고 종일반을 등록했다. 좋은 어린이집은 발 빠른 엄마들이 등록하고 나처럼 정신없는 엄마는 남은 어린이

집에 보내야 하는 상황이었다. 한겨울 늦게 퇴근해 급히 어린이집에 가면 언제부터 겉옷을 입고 있었는지 땀에 젖어 있는 아이를 만날 수 있었다. 배가 얼마나 고팠던 건지 손을 벌벌 떨면서 저녁밥을 먹던 모습은 평생 잊지 못할 것이다.

말도 못 하는 아이가 얼마나 힘들었을까. 아침 8시부터 저녁 7시까지 그곳에 있었으니. 아프게 태어난 것도 내 탓 같았고, 돈도 없고 당당하지 못했던 나 자신이 미웠다. 아이를 어린이집에 보낼 때면 매일 내 목이 떨어지라 잡아당겼다. 아침마다 안 떨어지려 애쓰는 아들을 두고 출근하는 그 한 시간은 눈물바다였다. 가슴이 터질 듯 아프고 매번 피멍이 드는 기분이었다.

'내가 왜 이렇게 살아야 하지? 과연 이 길이 맞는가?' 울부짖는 아이를 내버려둘 만큼 나에게 일과 돈이 그렇게 중요한 것인지 오만가지 생각들이 머리를 스쳐 갔다. 혼자 외롭게 키워서는 안 되겠다 싶어 제일 나은 방법으로 생각한 것이 둘째를 갖는 거였다. 세 살 터울로 태어난 둘째 아들은 건강하길 바라고 또 바랐으나 첫째보다 더 심각한 가와사키병(소아에서 발생하는 원인 불명의 급성 열성 혈관염으로 피부 점막과 심장 등에 발생하며 심장 관상 동맥 질환의 원인이다.)이 있었다. 지금도 둘째는 열이 나거나 입술이 붉어지면 곧바로 응급실행이다.

첫째도 둘째도 아픈 게 다 내 탓인 것만 같은 시간이었다. 선배맘들은 다 그렇게 지나간다며 위로 아닌 위로를 했지만, 귀에 들어오지도 않았다. 지금도 다른 아이들보다 체구가 작은 아이들을 보면 괜히더 미안하고 죄책감이 들곤 한다. 속상한 마음에 아이들 앞에서도 자주 울었던 '바보 울보 엄마'였다.

둘째를 낳고 시어머니께서 둘째도 봐주신다며 아예 근처로 이사를 오라셨다. 촌으로 이사를 하고 한 달쯤 뒤 시어머니께서 벌에 쏘여 넘어지셨다. 머리를 부딪혀 뇌출혈로 중환자실에 한 달 이상 계실 수밖에 없었다. 언젠가 겪게 되는 일이라지만 남들보다 빨리 거센 파도 같은 시련이 나의 평온한 일상을 덮쳤다.

중환자실은 하루 두 번밖에 면회가 안 되었지만, 매일 같이 방문했다. "어머니, 저 알아보시겠어요?" 내가 잡았던 손을 딱 떼며 "누구세요?" 하시던 차가운 눈빛에 너무 섬뜩하고 서러웠던 기억이다. 수술담당 의사가 만약의 경우를 대비해 최악의 상황으로 "식물인간으로살 수도 있습니다."라고 말했다. 그리고 가망이 없을 수도 있다는 설명을 들은 온 가족들은 충격을 받았다.

아침엔 아이들을 어린이집에 보내고 시아버님의 식사를 차려드리고, 시어머니가 계신 병원으로 향하는 그런 삶은 몇 개월 동안 지속됐다. 하지만 하늘도 감동했는지 시어머니께서는 건강을 되찾으셨고 지금은 방학 때 아이들도 돌봐 주실 만큼 건강해지셨다. 그 암흑 같은 시기를 지나 보내며 스스로 질문을 던졌다. '나에게 가장 소중한 가치는 무엇인가, 죽은 뒤 나는 어떤 사람으로 기억되고 싶은가, 오늘이 마지막이라면 무슨 일을 했을까.' 이제는 안다. 무엇보다 건강이 최우선이라는 걸. 가족의 소중함은 물론이고 가슴이 시키는 일을 하는 것이 진정 내가 원하는 삶이라는 것을 깨달았다.

3

엄마의 건강 재테크

아이들과 시어머니의 아픔을 겪으며 깨달은 건 '건강'이 최고라는 거다. 가장 중요한 재테크는 건강 재테크였다. 몸 건강뿐만 아니라 마음 건강까지 챙기는 것이 0순위다. 시어머니 병간호 때도 시골에서 대구까지 한 시간씩 걸리는 거리를 왕복하면서 정신력으로 버텼다. 지금 생각하면 어떻게 그런 힘이 솟아났던지 나 자신도 대견하다.

정신적으로 행복하고 건강해지는 방법은 한마디로 요약할 수 없지만, 쉽게 불행해지는 확실한 방법은 안다. 다른 사람과 나를 비교하고 곱씹어 고민하고 후회하고 상처받는 것이다. 나는 항상 시일이 지나서 뒷북처럼 '아, 그때 이렇게 말했어야 했는데.' 하며 후회한다. 상황과 원칙에 맞지 않는 말을 듣고 앞에서 솔직하게 답변을 다 하면

뒷말할 필요도 화가 쌓일 일도 생기지 않을 텐데. 아직도 나는 몇 번이고 생각하고 또 생각한다.

지금껏 살아온바 내가 생각하는 만큼 남들은 나에게 관심이 없다. 내 인생의 주인공은 나 자신이다. '남을 위한 엑스트라로는 그만 살고 내가 원하는 일을 하며 당당하게 살고 싶다.' 이렇게 마음먹고 나니 어느 정도는 심적으로 편안함을 느낀다. 모두에게 잘 보일 필요도 없고 세상에 완벽한 사람도 없다. 내가 진심으로 함께 할 사람은 가족뿐이다. 시간 가면 모두 잊혀질 일이라 생각하니 어떤 일을 겪어도 예전보다는 평온해졌다.

나는 가정보다 일에 인생의 초점을 맞춰 살아왔다. 정확히 워커홀릭이었다. 왜 그리 어리석었는지 번아웃이 올 정도로 열심히 살았다. 우리 가족과 내 건강보다 회사 일에 적극적으로 임했다. 가정을 돌봐야 하는 엄마임에도 불구하고 집에서 아이들에게 따뜻한 밥 한 번 못 해주었고 나 역시 야근하며 라면으로 끼니를 때우는 경우가 허다했다. 사무실에서 스트레스를 잔뜩 받고 돌아온 날이면 아이들이 내 얼굴만 봐도 안다. 무늬만 저녁밥 같은 식사를 준비하고 곧바로 침대행이다. "엄마, 우리가 알아서 할게. 방에 가서 쉬어." 가족들에게 미안했다. 이젠 아픈 나를 하도 많이 봐서 얼굴만 봐도 알 지경이다.

누군가를 위해 해 주어야 할 일이 하나둘 늘어날 때마다 내가 시도하는 일의 효과는 줄어들게 되어 있다. 많은 일을 처리하면 내가 하는 모든 일의 효과가 떨어지니 모든 사람을 기쁘게 할 수 없다. 그중 가장 불행해지는 건 바로 나 자신과 가족들이다.

며칠 전 영국에서 1년간 약 7,100명의 공공기관을 대상으로 조사한 기사를 봤다. 습관적인 잦은 야근이 생명에 얼마나 위협을 줄 수 있는지 살펴본 연구였다. 하루에 11시간 이상 근무한 사람은 심장질환에 걸릴 확률이 67%나 높았다고 한다. 이 기사를 보는 순간 내 마음도 덜컹했다. 나도 병으로 따지자면 병명이 6개가 넘을 정도로 종합병원이기 때문이다. 사실 월급보다 병원비가 더 나간 횟수도 많았다.

10년 전부터 갑상샘에 문제가 있어 주기적으로 검진을 받고 있다. 검진받으러 병원에 갈 때면 엄마인 내가 어떠한 모습으로 살면 좋을지 많은 생각을 한다. 아이들 공부도 중요하지만, 아이들에게 해 줄 수 있는 가장 큰 일은 건강한 엄마로서 아이 옆을 오래 지켜 주는 것이다. 인생은 마라톤처럼 장기전이기에 지금 당장 눈에 보이는 결과를 내지 않아도 좋다. 월급의 10% 정도라도 엄마인 나 자신에게 투자해 행복하고 건강한 엄마가 되는 것이 먼저다. 결국 엄마의 몸 건강 마음 건강이 가정의 평안을 가져온다는 것을 이제는 느낀다.

성공하기 위해 정신없이 달려가기보다는 나 자신의 행복을 위해 가장 먼저 해야 할 일이 나를 돌보는 일인 것 같다. 그래서 내 시간을 갖기 위해 새벽엔 독서와 블로그를 하고 밤에는 유튜브를 보며 운동을 하기 시작했다. 정확하게 따라 하지는 못하더라도 10분만으로도 운동이 되는 것 같았다. 그래서인지 예전보다 근육도 생기고 면역도 생겨 덜 아픈 듯 느껴진다.

예전에는 사소한 일에 감정이 상해 큰일을 그르치는 경우가 많았다. 감정이 상하면 냉정하게 상황을 보지 못하고 올바른 판단을 하지 못했다. 긴장감과 스트레스가 심해 조바심 나는 상태가 많았지만 지금은 일과 가정의 균형을 현명하게 맞춰 살려고 노력하고 있다. 이 책을 읽고 있는 독자들 역시 어려운 삶 앞에 좌절하지 말고, 세상과 당당히 소통하면서 살기를 바란다.

4

워킹맘의 육아 비결

아이가 아프거나 학교에서 무슨 일이 생기면 이런 아이를 두고 일을 나간다는 그 자체에 회의감을 가지기 십상이다. 사회생활을 하면서 겪는 가장 큰 산이 육아일 것이다. '과연 일하는 게 맞는가?'라는 생각은 일하는 엄마라면 누구나 겪는 과정이다. 나는 일과 가정이라는 딜레마 속에서 수년간 힘들었지만 지금 와서 돌이켜 보면 스스로 옳은 선택을 했다고 자부한다.

예전에 두 아들에게 극단적인 질문을 한 적이 있다. "지금 일을 관두고 너희들이 필요할 때 항상 옆에 있는 엄마, 나중에 어학연수라던가 원하는 것을 어느 정도 도와줄 수 있는 엄마, 둘 중 어떤 엄마가 좋아?"라고 말이다. 초등학생인 아이들 대답은 "다 괜찮아. 엄마가 하고 싶은 거 하고, 엄마가 행복하면 돼." 그리고 "용돈 많이 주고, 잔소리 안 하는 엄마."라고 답했다. 항상 함께하지 못해서 미안했지만, 아이들은 내가 행복하기를 바랐다. 결국 난 고달프기도 했지만, 워킹맘을 선택한 지 어느덧 20년 차인 직장인이다.

살아 보니 일하는 엄마가 빛나는 시기는 사춘기 이후부터인 것 같다. 특히 워킹맘으로 좋은 점은 아이가 자랄수록 공유할 수 있는 경험의 영역이 넓어진다는 것이다. 자기 전에 사무실에서 있었던 고민을 아들에게 털어놓으면 관심을 보이고 해답을 줬다. 생각지도 않았던 명쾌한 답도 제법 있었다. 그리고 이젠 재테크도 같이 고민한다. 내가 "지금 주식 사서 아빠 몰래 비자금 좀 벌까? 주식을 하고 싶은데 어떻게 하지?"라고 말하면, 아들은 "엄마, 주식 차트는 이렇게 본대. 그리고 지금은 사면 안 돼."라고 말했다. "네가 그걸 어떻게 아는데?"라고 물으니 "유튜브 좀 봐."라고 조언을 해 줬다.

심지어 신랑 흉도 아이들과 같이 공유하면서 시원하게 어디서 말 못 할 뒷담화도 한다.

아들 "세상에 반은 남잔데 왜 하필 아빠를 선택했어?"

엄마 "좀 그렇지? 아들아, 엄만 선택사항이 없었어. 너희 아빠밖에 없어서. 그래도 네 아빠 아니었으면 엄만 결혼도 못 했어."

아들 "그건 그래, 엄마 얼굴에 김 있잖아?"

엄마 "무신 김'?"

아들 "못생김"

아이들 덕분에 오늘도 빵 터져서 웃는다.

나도 엉뚱하지만, 아이들도 천진난만한 개구쟁이다. 아이들은 친구 같은 엄마인 나를 놀리는 게 재미있어 항상 신나있다. 아이들에게 강압적인 엄마가 아닌 친구 같은 엄마다. 게다가 나도 학생 때 공부를 좋아하지 않았기에 아이들에게 공부를 강요하지도 않는다. 학원비보다는 그 돈을 모아서 각종 체험이나 여행을 가려고 노력한다.

현재 초등학생의 65%는 지금 존재하지 않은 새로운 직종에서 근무하고, 탄탄한 직업으로 대우받는 직종이 미래엔 인공지능으로 대체될 가능성도 크다고 한다. 세계경제포럼(WEF)에서 발표한 「일자리의 미래 보고서」에 따르면 우리 아이들이 문제집을 풀며 기계적으로 답을 찾기보다 인성과 세상의 흐름을 볼 수 있는 통찰력, 문제 해결 능력이 더 중요해진 거다. 문제점을 발견하고 이것을 어떻게 하면 효율적으로 해결할 수 있을까 고민하는 아이가 될 수 있도록 창의성을 키워주는 것에 집중하여 아이들을 대했다. 학원을 더 보내고, 공부를 하나 더 가르치기보다는 아이들이 뭘 좋아하는지 무엇을 하고 싶은지 파악하는 걸 더 중요하게 생각했다.

처음에는 힘들었지만 이젠 아이들이 좋아하는 것들에 집중하고 있다. 아이들은 부모의 뒷모습을 보고 자란다고 했다. 그러기에 아이들 앞에서 텔레비전을 보거나 핸드폰 하는 모습 대신 열심히 책을 읽고 있다. '언젠간 아이들도 독서를 좋아하겠지'라는 생각으로.

어느 날 아이가 초등학교 1학년 때 숙제로 장래 희망을 적다 말고 물었다. "엄마, 꿈은 뭐야?" "음, 음. 엄만 어릴 때부터 꿈꾸던 유전공학자, 식물 박사가 되는 게 꿈인데." 아가씨 때 입학해 놓고 다니다 만 학교가 떠올랐다. 꿈을 꾸고 이루는 엄마의 모습을 보여주고 싶었다. 박사 학위에 도전하고 가족의 도움으로 무사히 학위까지 취득했다. 지금은 아이들도 "우리 엄마는 미생물 박사야."라며 자랑한다. 내가 생방송으로 텔레비전에 나왔을 땐 "우리 엄마 TV에 나온다."하고 좋아했다.

아이들은 엄마의 말투, 사고방식 등 부모의 모습을 보고 자란다고 한다. 예전의 나는 나를 돌보지도, 아이를 위하지도 못한 못난 엄마였다. 지금은 쉬지 않고 열심히 사는 엄마의 모습을 보고 아이들도 응원과 지지를 아끼지 않는다.

시간이 지나, 두 아들에게 "내가 너희를 키우느라고 얼마나 희생했는데."라고 말하기보다 "엄마가 계속 꿈을 꾸고 도전할 수 있도록 건강하게 자라 줘서 고마워."라고 말하는 엄마가 되고 싶다. 일하는 엄마로서 고난을 이겨 내고 도전하며 이루어 내는 모습을 보여 주는 것이 나의 유일한 육아 비결이다.

5

이 엄마가 나를 사랑하는 법

"오늘 면도는 하고 왔냐?" 남자 직원의 말에 "나한테 관심 좀 꺼 줄래요? 나 남편 있거든요."라고 아무렇지 않은 척 대답했다. 나는 이렇게 나 자신을 속이며 한 달에도 몇 번씩 회의감을 느낀다. 내가 만만해 보여서 이럴지도 모른다는 생각은 박사과정에 도전하게 된 여러 이유 중 하나이기도 했다. 하지만 학위를 받고 나서 대우가 달라질 거란 건 혼자만의 착각이었다. 생각해 보면 사람들이 나를 함부로 대하는 건 내가 그리 처신했기 때문이었다.

나는 남을 지나치게 의식하고 누구에게나 친절하게 대해서 좋은 사람이 되고자 했다. 그래서 내 생각이나 주장을 말하는 게 힘들었다. 지금은 예전보다는 낫지만, 아직도 힘이 든다. 내가 거절하면 어떻게 생각할지 걱정하는 일이 먼저였기 때문이다. 하지만 이제는 안다. 가정이 있는 나에게 내 아이 그리고 무엇보다 나 자신이 가장 소중하다는 것을. 그것을 깨닫고 나서부터는 선택과 결정에 큰 변화가 생겼다.

예전에는 나보다 남을 먼저 배려했기에 내가 원하지 않더라도 '내가 조금 더 고생하면 되지 뭐.' 그렇게 생각했다. 그런데도 돌아오는 건 잘되면 자기 탓, 안 되면 내 탓이었다. 도와줬는데 오히려 독이 되어 화살이 나에게 쏟아지기도 했다. 그렇기에 나 자신을 희생시키며 돕는 일은 그만하려 노력하고 있다. 결국 남는 건 일과 병이었기 때문이다.

인생 선배님의 조언을 들은 적이 있다. "사람은 저마다의 기준과 잣대가 있어. 어떤 사람은 문턱까지고, 어떤 사람은 문턱조차 없이 무사통과하는 사람도 있어." 난 어디서든 무조건 잘 해내야 했고 그게 나 자신에게 족쇄가 되어 항상 나를 힘들게 했다. 지금은 나 자신에게 완벽하지 않아도 된다고 몇 번이고 괜찮다며 되뇐다. 사람은 누구나 실수하고 불완전하다고.

'페르소나'라는 말은 사회적 적응을 위해 빌린 외적 인격이라 한다.

역할 수행을 위해 쓰는 임시 가면으로, 탈부착할 수 있어야 한다. 이제 그 가면을 써야만 할 수 있는 일들은 그만하고 싶다. 앞으로는 내시간을 위해 가면을 쓰지 않고도 내 민낯으로 해야 할 일들을 당당하게 하리라 선언해 본다.

'됐거든. 난 내 꿈을 향해 가야 하니 네가 좀 할래? 나는 산전수전 다 겪은 무서운 것 없는 엄마거든.' 나는 엄마로서도 워킹맘으로서도 지금 충분히 잘 해내고 있다고 스스로 토닥인다. 그리고 지금만큼만 잘하면 된다고 속삭인다. 육아에서든 직장에서든 나는 이미 전문가니 당당히 요구하고 그것을 누릴 자유와 권리가 있다고 되뇐다.『무례한 사람에게 웃으며 대처하는 법』의 저자는 자신을 신뢰하는 사람은 남의 평가에 연연하지 않는다고 했다. 누군가가 나에게 무례하게 대하면 당당하게 "금 밟으셨어요." 알려 줘야 한다고.

법륜 스님도 비슷한 말씀을 하셨다. 길에서 누군가 전달한 선물이 열고 보니 쓰레기일 땐 그냥 쓰레기통에 버리라고. 나쁜 말도 그냥 버리라고 조언한다. 두 조언의 공통점은 다른 사람에게 이끌려 인생을 살아가는 것이 아니라 주체적으로 내가 원하는 삶을 살아야 한다는 것. 나를 행복하게 하는 데에 최선을 다하라는 의미일 것이다.

"저는 대우받았으면 좋겠습니다."라고 외칠 수 있는 멋진 전문가 엄마, 나 자신이 되려 노력할 것이나. 출산과 육아 그리고 교육이라는 산을 넘으면서 지낸 엄마들은 어디에 속해 있든 자신의 분야에서 이미 전문성을 갖추었다고 생각한다. 엄마로서 충분히 자부심을 가져도 좋다는 거다.

나 역시 이미 여러 분야에서 산전수전 다 겪은 전문가임을 항상 기억하고 언제든 옳지 않은 상황에 당당하게 "NO"를 외치려 한다. 내가 나를 지키고 나를 사랑하는 것, 그것부터가 시작이다.

엄마의 무한 성장을 위하여

목표를 생각하면서 살지 않으면 사는 대로 생각하게 된다. 예전에는 워킹맘으로 하루하루 별생각 없이 회사에 다니고, 육아하며 바쁘게 시간을 보냈다. 진정 의미 있는 삶과 인생 목표에 대해 생각해 본적도 없다. 당장 40세가 되기 전의 버킷리스트 정도만 생각하고 눈에 보이는 일만 쳐내기에도 벅찼다. 이제 아이들도 많이 크고 여유가생겼다. 아이와 함께 매주 도서관에 가서 책을 읽으며 인생을 재설계중이다.

지금은 새벽 5시에 일어나 책 읽는 것이 습관화되었다. 이 시간만큼은 온전히 내 시간이기에 너무 행복하다. 누구에게도 간섭받지 않고 책을 읽고, 조용히 글도 쓰고 있다. 책을 읽으며 내가 생각하는 진정한 의미의 성공, 꿈에 대해 생각하게 되었다. '가치 있는 삶.' 어떤 가치관으로 세상을 바라보고 인생을 살아가는가가 중요하나는 결론에 이르렀다. 살아가기 힘든 이 세상에서 마음만 먹으면 뭐든 할 수 있다는 희망을 전달하는 행복 전도사가 되고 싶다.

미국의 사상자이자 시인인 헨리 데이비드 소로는 '눈을 안으로 돌려라. 나라는 우주의 전문가가 되고 내 안의 신대륙을 발견하는 콜럼버스가 되어라! 맑은 눈과 굳건한 용기로 자신을 탐험하라.'고 말했다. 나는 지금도 내가 뭘 원하고 하고 싶은지 스스로 탐험하고 일단 도전해 보려 한다. 새로운 일에 도전할 때 '잘못되면 어떡하지'라는 생각보다 '난 할 수 있다. 열심히 하면 안 될 일도 없다.'라고 생각하기에 가능한 일이다. 그래서 지금도 이렇게 글쓰기에 도전 중이다.

집에선 ○○ 엄마, 밖에선 미생물 박사, 사무실에선 팀장, 이젠 감히 작가로도 불리고 싶다. 나는 항상 나 자신을 응원한다. "지금도 잘하고 있고, 진짜 어른이 되어가고 있어. 지금처럼만 해 보자."

도토리는 2.5cm에 불과하지만, 흙에 심으면 최대 60m까지 자란다고 한다. 성인의 엄지손톱보다 약간 큰 도토리 안에 60m에 달하는 거대한 참나무가 들어 있는 셈이다. 2,400배나 성장한 것이다. 우리는 도토리보다 더 무한 가능성을 가진 사람이자 엄마다. 나는 끌어당김의 법칙을 잘 알기에 나의 무한 가능성을 믿고, 오늘도 나에게 투자하고 공부한다. 2,400배보다 더한 무한 성장을 위해. 나는 아직도 하고 싶은 일이 많은 꿈 많은 엄마니까.

농사에서는 씨앗이 중요하다. 뿌린 만큼 거두는 건 물론이고 농부의 발걸음 하나하나에 농사의 성패가 결정된다고 한다. 하나의 씨앗이 내 인생의 뿌리가 되고 열매가 된다. 지금 내가 원하는 일을 고민하고 준비해 행복의 씨앗을 심어야 한다. 그 꿈을 향해 정성스럽게 물도 주고 비료도 주고, 병이 들면 농약을 치듯이 그 꿈을 위해 시간을 쓴다면 반드시 내가 원하는 열매가 탐스럽게 열릴 거라 믿는다.

이 세상 모든 엄마와 아이들에게 결국 마음먹으면 뭐든 할 수 있다는 걸 보여 주고 싶다. 엄마들이 세상 모든 시간을 가진 듯 보이는 그런 삶을 누렸으면 좋겠다. 나만의 시간을 창조해 그 시간을 꿈에 투자할 수 있는.

나는 지금 내 새로운 꿈인 작가가 되기 위해 행복하게 글을 쓰고 있다. 이런 나를 보면서 위로받고, 할 수 있다는 긍정의 힘을 받아 엄마들도 자기만의 꿈에 빠져들길 바란다. 엄마들이 육아와 직장 등 다양한 감정 소모전에서 이겨 강인한 정신력으로 꿈을 이룰 수 있길.
엄마의 무한 성상을 오늘노 응원한다.

내가 했으니, 누구나 할 수 있다.
"just do it." 그대도 할 수 있습니다.

"엄마, 오늘부터 내 꿈은 마술하는 건축가야."

"엄마, 내 꿈 이제 바뀌었어. 게임하는 크리에이터 할래!"

해가 바뀌고 아이들은 조금 달라진 꿈을 말했다. 꿈을 척척 말하는 그 모습을 볼 때마다 신기했다. 좋아하는 일이 시들해지면 이젠 아니라고, 흥미를 끄는 일이 생기면 그게 더 좋다고 솔직히 말하는 모습을 나도 닮고 싶었다. 아이들은 처음 생각과 바뀌어도 잠시 고민은 할지언정 주저하지 않았다. 오직 '지금, 이 순간'의 마음을 말한다. 그 모습을 보며 어릴 적 말을 심기고 또 심겼던 내가 생각났다. 나도 아이들처럼 솔직하게 말할 수 있었다면 좋았을 텐데.

"엄마는? 엄마는 꿈이 뭐야?"

아이들의 질문에 뭐라고 대답해야 할지 몰라 머뭇거리던 순간이 있었다. 내가 진짜 원하는 건 무엇인지, 지금 나는 어떤 꿈을 향해 걸어가고 있는지 궁금해졌다. 그저 잠시라도 좋으니 아이들 틈에서 다시 아이가 되어 보기로 했다. 우리 아이들과 동갑인 여덟 살의 나와 열 살의 나로 돌아갔다. 거기서부터 시작이었다. 아이였던 내가 한 살 한 살 나이를 먹고 두 아이의 엄마가 되기까지 꿈과 이어졌던 순간을 생각나는 대로 툭툭 털어놓기 시작했다.

꿈꾸던 순간을 들여다보는 것은 지금까지의 삶을 돌아보는 것과 같았다. 마음 한구석에 자리하고 있는 불안과 두려움, 만족감과 질투, 수치심과 후회의 순간과 함께 기쁘고 뿌듯하고 행복했던 기억도 하나씩 떠올랐다. 켜켜이 쌓인 그 시간이 나에게 조금씩 말을 걸어왔다. 말만 걸어온 것이 아니라 넘어뜨리기도 하면서 초고를 쓰는 중간중간 위기가 찾아오기도 했다. 아, 끝까지 쓸 수 있을까? 호기롭게 시작했으나 과거와 마주하는 순간은 막막하고 괴로웠다. 해결되지 않은 과제가 불쑥불쑥 튀어나와 나를 비웃었다. 그럼에도 꿈에 대해 말하고 싶고 쓰고 싶었다. 살아가며 한 번은 진심으로 마주해야 할 주제라 생각했기 때문이다.

쓰면 쓸수록 그림책 『진짜 내 소원』 속의 주인공이 생각났다. 아이가 램프의 지니에게 소원을 말하자 지니는 정곡을 찌른다. "이건 진짜 네 소원이 아니잖아! 엄마 아빠 소원 말고 진짜 네 소원을 말하라고!" 아이는 머뭇거리다 말했다. 지금은 힘들지만 1년 뒤에는 말할 수 있을 것 같다고. 일단 시간을 벌었다. 그리고 자신에게 묻기 시작한다. 내가 좋아하는 색은 무엇인지, 어디에 가면 마음이 편안해지는

지, 진짜로 원하는 것은 무엇인지. 그 아이의 모습은 다름 아닌 나였다. 길게 보면 글을 쓰며 육아하는 10여 년이, 짧게 보면 이 책의 원고를 쓰는 몇 달이 마치 책 속 아이의 1년과 같았다.

'꿈'이라는 한 글자가 너무 무거워서 숨이 턱 막힐 때가 있었다. 누군가 어린아이를 키우는 엄마가 꿈을 찾아가는 건 사치라고 했다. 정말 그럴까? 아니, 돌아보니 사치가 아닌 축복이었다. 아이들과 함께하는 시간은 나의 꿈을 찾아가는 여정과 맞닿아 있었다. 과거에서 미래로, 현재에서 과거로 시간여행을 하듯 삶을 오가며 꿈을 묻고 꿈을 생각했더니 생의 순간마다 함께했던 사람들이 떠올랐다. 부끄럽고 자랑스럽고 고맙고 미안한 마음이 쉴 새 없이 교차하며 눈물도 많이 흘렸다. 그렇게 한참을 묻고 대답하며 두루뭉술했던 꿈이 조금씩 선명해졌다. 이제 램프의 지니가 나타나면 주저하지 않고 소원을 말할 수 있다.(그러니 제발 나타나 줘.)

오늘도 이른 새벽 나는 늘 같은 자리다. 에필로그만 며칠째 쓰고 있는데 진도도 제자리다. 운이 좋아 세 번째 공저를 쓰지만 그래도 더 잘 쓰고 싶은 마음이 들어 마무리가 쉽지 않다. 원고를 떠나보내기 아쉬운 마음과 함께 자꾸만 고마운 사람들이 떠오르는 걸 보니 더 잘 살아야겠다. 조금 더 나은 내가 되어 어우러지고 싶으니까.

사실 엄마의 자리에서 꾸는 꿈은 나 하나만을 위한 것이 아니다. 나와 너, 우리 모두를 위한 꿈이라는 걸 이제는 안다. 제일 먼저 나와 남편, 아이들과 가족, 가까운 지인들의 안녕을 빌었다. 읽고 쓰는 무수한 시간에 감사하고 나와 연결된 모든 인연과 우주에 감사와 축복을 보냈다. 모두의 마음이 평안해지기를 빌었고 조금 더 나은 세상을 함께 꿈꿀 수 있길 빌었다.

나의 모든 발걸음을 응원하고 더 나은 세상을 꿈꾸게 해 준 우리 집 사랑둥이 세 남자와 부모님께 감사를 전하고 싶다. 의기소침해질 때마다 괜찮다 다독이며 용기를 주는 친구들과 선생님들께도 감사와 응원의 말을 전합니다. 마지막으로 초고를 마주했던 첫 순간부터 진솔한 이야기로 나를 웃기고 울렸던 우리 '라이팅미' 작가님들, '블라썸원' 식구들과 독자님들께도 응원과 사랑을 가득 보냅니다. 우리의 만남은 우연이 아님을 알죠? 서로의 꿈이 맞닿은 이 여정이 어디로 이어질지 왠지 알 것만 같아요. 늘 감동이었습니다. 더 많은 엄마와 아빠와 아이들이 꿈꿀 수 있도록 계속 꿈꾸며 나아가요. 우리.

책의 주제가 '꿈'이다 보니 내가 살아온 과거를 낱낱이 드러내게 됐다. 인생의 속살을 여실히 보여준 건 독자들과 공감하고 더 가깝게 다가가기 위해서였다. 중학교 1학년 때 탤런트 오디션을 보러 갔던 패기와 닥치는 대로 경험의 폭을 넓혔던 무모한 도전들 또, 지각 인생을 살더라도 꿈을 향해 느리지만 멈추지 않는다는 교훈을 남겨준 스승의 이야기. 그리고 빛이 보이지 않던 삶 속에서도 꿈이라는 씨앗을 품고 있었던 일화들은 꿈 앞에서 주저하는 독자의 마음에 용기의 불씨를 지피는 성냥이 될 수 있기 때문이다.

지금 이 책을 읽고 있을 엄마라는 독자가 현재 머물러 있는 '육아 터널'의 구간은 모두 다를 것이다. 영유아기의 자녀를 양육한다던가 또는 아이가 초중고등학교에 다닐 정도로 자랐다던가 아니면 장성하게 커서 유학이나 군대의 입대를 앞두고 있을 수도 있다. 모두 엄마의 자리를 빛내고 있었기에 이룬 값진 성과들이다. 하지만 각자의 위치에서 나를 빛내기 위한 꿈을 꾸고 있는지도 묻고 싶다.

책을 집필하는 동안 많은 엄마를 만났다. 그리고 그들에게 꿈이 뭐냐고 물었다. "꿈? 지금은 없지.", "꿈이 있었는데 애들 때문에 못 이뤄.", "동화 작가가 꿈이었는데, 나중에." 등 돌아오는 답은 다양했지만, 그 맥락은 같았다. 찬란한 사회 경력을 접고 엄마가 된 여성들은 자신보다 자녀를 돌보고 가정을 가꾸는 일을 우선시하느라 다시 꿈을 펼치기 어려웠다.

나는 2013년도에 첫아들을 출산하고, 아이가 14개월 때 어머니가 뇌졸중으로 쓰러져 장애 2급을 받았다. 그 후로 4년 뒤 아버지마저 여의고 은둔생활을 했다. 12년 주기로 찾아온다는 삼재가 내겐 매년 들이닥치는 듯했다. 간병과 육아라는 뫼비우스의 띠 속에서 어쩌다 비친 거울의 내 얼굴을 보면 고목이 따로 없었다. 희망도 재미도 말라버린 죽은 나무 그 자체였다. 작년까지 약 10년 동안 꿈 없이 지냈다. 엄마로 살면서 꿈을 갖는다는 건 무리수였고, 편찮은 어머니 앞에서 즐거움을 찾는다는 것도 죄책감이 들었다. 아이들 뒷바라지를 하다가 50~60대에 뭘 하며 살지 막막하기만 했다. 그런데 작가가 되었다니 아마 의문이 들 것이다.

꿈을 키우냐 마느냐의 문제는 동전의 양면 같았다. 그래서 마음가짐을 바꿨다. 작년 말부터 내게 들어오는 제안을 거절하지 않기로 했다. '준비된 자만이 기회를 잡는다.'의 반대로 '기회를 잡은 자만이 준비한다.'로 생각을 달리했다. 모든 일은 머리 먼저 끼고 보면 몸통도 들어가는 법이었다. 첫 시작은 문예 창작을 같이 공부했던 글동무로부터 문집을 발간하자는 제안을 받아들인 거였다. 그 후 지인의 부탁으로 그래픽 디자인 일도 다시 시작했으며, 심리치료사로 봉사활동도 다녔다. 겉으론 흔쾌히 수락하고 속으론 괜히 내 발목을 잡은 게 아닌지 갈등했지만, 결과는 모두 만족이었다. 나를 더 발전시켜 주었고 사람들을 만나며 짜인 그물은 꿈을 낚게 해 줬다.

함께 문집을 집필한 작가의 소개로 '블라썸원'의 '라이팅미' 2기 작가로 합류하게 됐다. 책 홍보를 위해 평소 관심도 없었던 인스타그램과 블로그를 시작했다. 그곳은 하루를 실속있게 사는 사람들의 세상이었다. 아이가 셋이고 어머니를 간호해야 해서 아무것도 못 한다는 말은 그 세상에선 이유 축에도 끼지 못했다. 이 책을 기획한 대표인 곽진영 작가도 세 아이를 둔 여성 창업가이고, 임원진 김선이 작가와 석경아 작가 모두 자녀를 키우는 엄마이자 사업가이다.

나를 제외한 일곱 명의 작가도 교사, 그림책 테라피스트, 무용 동작 심리상담사, 미생물 박사, 그림작가 등 화려한 타이틀을 가지고 있었다. 누군가는 SNS에서 잘나가는 사람들을 보며 상대적 박탈감을 느끼기도 한다지만, 나에겐 건강한 자극이 됐다.

그들과 어깨를 나란히 하기 위해 까치발이라도 들어야 했다. 꾸준히 글 공모전에 지원하던 중 2024년 계간 『문학의봄』 봄호에 「새식구」가 신인상으로 당선되며 수필가라는 이름을 얻었다. 이 책과 관계자들의 명성을 조금이나마 빛나게 해준 것 같아서 다행이었다. 우리 여덟 명의 작가는 아이들의 겨울방학부터 봄 방학 그리고 개학 이후까지 글쓰기 마라톤 중이다. 혼자만의 시간을 더욱 내기 힘든 와중에 탄생한 이 책은 생명력 강한 틈새 꽃과 같다. 그 강인한 에너지가 독자 여러분의 꿈에 긍정적인 힘을 보냈길 바란다.

아울러 내 꿈을 펼칠 수 있게 기회를 마련해 준 '블라썸원' 관계자들과 서로 응원하며 끝까지 완주하게 도와준 작가들에게 고마운 마음을 전한다. 그리고 글 쓰는 동안 배달 음식을 시켜 먹는 횟수가 늘었는데도 괜찮다고 웃어준 가족에게 사랑의 마음을 표한다. 무엇보다 이 책을 읽어준 꿈으로 가득 찬 독자들에게 진심으로 감사드린다.

조지희

오늘도 아이들 깨워서 옷 입히고, 아침 식사 챙겨 먹이고 늦지 않게 등원, 등교시키는 굿모닝 보내셨나요? 혹은 아직 아이가 너무 어려 집에서 온종일 함께 지지고 볶고, 울고 웃는 짧지 않은 하루를 보내셨나요? 직장에서도 집에서도 최선을 다한 당신께, 오늘 하루도 정말 수고했다고 박수를 보내요.

자, 이제 좋아하는 예쁜 커피 잔에 씁쓸하면서도 풍미 가득한 커피 한잔 내려놓고, 부드러운 필기감으로 내 글씨체를 돋보이게 해 주는 볼펜 하나, 도톰하고 매끄러워서 이것저것 적어 놓으면 나도 모르게 기분 좋아지는 그런 노트 하나를 준비해 오세요.

그리고 그냥 한번 써 보는 거예요. 생각나는 것들 전부요. 아마 내일 할 일, 마트에서 사야 할 식재료, 아이들 숙제나 학원 스케줄, 가족 대소사 등 처리해야 할 것들이 제일 먼저 떠오를 거예요. 해야 할 일 다 꺼내서 노트에 옮겨 놓으면 이제 커피 한잔 여유롭게 마시면서 천천히 떠올려 봐요. 하고 싶은 일, 가고 싶은 곳, 먹고 싶은 음식, 보고 싶은 책이나 영화, 만나고 싶은 사람, 갖고 싶은 물건. 비싸서 못한다, 시간이 없어서 못한다, 애들 데리고는 힘들다는 핑계가 동시에 떠오를지도 몰라요. 안 되는 이유는 생각하지 말고 일단 적어 보자고요, 우리.

그동안 사회가 정해준 순서대로 대입-취업-결혼-육아라는 공식에 맞추어 사느라 어느새, 어릴 적 꿈이나 동경했던 삶 같은 건 잊어버린 채 그저 하루하루 성실히 살아온 우리잖아요. 이제는 아이들 신경 쓰는 만큼 내 자신에게도 말할 기회를 주세요. 그 소리를 들어 볼 시간을 마련해 주세요. 분명히 당신 가슴속에 꿈틀대는 무언가가, 꺼질 듯 다 타 버린 불꽃 하나가, 엄마가 되면서 포기했지만 한 때 나를 설레게 했던 예쁜 꿈이 떠오를 거예요.

뭔가 떠올라도 막상 시도해 보려면 막연하기도 하고, 내가 과연 절실히 원하는 것인가 하는 의문이 동시에 생길지도 몰라요. 근데 그럼 어떤가요? 아이들에게 너는 커서 뭐 되고 싶어 물어보면 "나는 공룡이 될 거야! 공주님이 될 거야! 장난감 가게 사장님이 될 거야! 국가대표 축구선수가 될 거야!" 현실성 없어 보이는 꿈들을 거침없이 얘기하잖아요. 우리 엄마들도 그냥 그렇게 해 보면 안 될까요? 좋아하는 것이니까, 꿈이니까 일단 한번 해 보자고요!

책을 낸다는 것, 글을 쓴다는 것, 저도 막연히 생각만 했던 꿈이었어요. 회사를 그만두었어도 아이들 잘 돌보고 잘 먹이는 것이 더 중요하다고 생각했지 나를 위한 시간을 내고, 꿈을 그리는 시간은 우선순위에서 항상 저 아래에 있었거든요. 그런 제가 이렇게 책을 냈잖아요. 10km 마라톤도 해 보고, 책을 읽으며 배움의 즐거움을 만끽하게 되었고 말이에요! 거창한 것이 아니어도 해보고 싶었던 일을 적어보고, 용기 내어 시작했더니 신기하게도 진짜 이루어졌어요! 순수하고 해맑은 우리 아이들처럼 엄마가 되어서 더욱 성숙해진 우리도, 다시 아기자기하고 예쁜 꿈 혹은 세상을 바꿀 위대한 꿈을 같이 가꿔 가면 어떨까요?

직업, 사는 곳, 처한 상황이 각기 다른 엄마들이 함께 모여 자신의 꿈 이야기를 이 책에 담았습니다. 제 마음속 한구석에 있던 꿈 이야기를 꺼내 놓고 나니 부끄럽기도 하고 조금은 후련하기도 해요. 또 내가 생각한 대로, 말하는 대로 무엇이든 할 수 있겠다는 자신감도 생겼어요. 글을 쓰면서 제가 그랬듯이 엄마라는 이유로 자신의 꿈을 향해 나아갈 용기를 잠시 잃어버렸던 세상의 멋진 엄마들에게, 이 책이 다시 스스로를 찾기 위한 발걸음을 한발 내딛게 하는 따뜻한 응원이 되길 바랍니다.

'엄마는 꿈이 뭐야?'라는 주제로 라이팅미가 두 번째 책을 공저한다는 인스타 광고를 보았다. 여덟 명의 엄마를 모집하는 글이었다. 할까? 말까? 고민하고 있는데 남편이 한번 해 보라고 내 등을 떠밀었다.

"내가 할 수 있을까?"

"그럼."

남편을 믿고 글쓰기를 시작했다.

아이를 키우는 동안, 남편과 나는 아이의 귀여운 행동을 보고 함께 웃기도 했지만 힘들 땐 싸우기도 했다. 직장생활에 지친 남편도 쉬고 싶고, 육아에 지친 나도 쉬고 싶었다. 나를 잃지 않겠다는 명목으로 남편을 아이와 함께 밀어냈다. 그러지 않으면 살 수 없을 것 같았다. 둘째 아이를 잃던 날, 남편과 함께 울면서 우리는 서로의 약함을 확인했다. 깊은 바다에 가라앉아 진흙투성이의 밑바닥을 확인하고 수면 위로 올라오면서 나는 남편이 의지할 존재가 아니라 함께 가야 할 존재라는 걸 알았다.

남편은 나에게 세상으로 나갈 수 있는 용기를 준다. 남편의 응원이 진심이라는 걸 알아서 자신감을 가지고 그림을 그리고 글을 썼다. 지금도 여전히 나를 지지하는 남편의 배려 덕분에 꿈을 키우고 있다. 남편에게 고맙다. 청소를 좀 게을리해도 남편의 기준에서는 깨끗한 걸 알기에 집안일을 미루고 책상 앞에 앉아서 그림을 그리고 글을 쓴다. 신혼 시절 청소로 싸울 때만 해도 어떻게 이렇게 안 맞나 했는데 지금에 와서 생각해 보니 나에게 딱 맞는 남편이었다.

봄에는 모과나무에 꽃이 피고 튤립이 자란다. 여름에는 라벤더, 바질 등의 허브들이 자라고, 가을에는 향기로운 모과가 노랗게 익어간다. 겨울에는 튤립 구근이 내년 봄을 기다린다. 나는 정원이 잘 보이는 곳에 앉아 그림을 그린다. 책을 읽고 글을 쓴다. 내가 그리는 꿈의 모습이다. 예전에는 정원에 나만 있고 남편과 아이는 없었다. 하지만 지금은 함께 있다. 아이는 내 옆에서 그림을 그리고 남편은 꽃이 만발한 정원을 걸어 들어온다. 딸은 자신의 그림을 아빠에게 보여주며 재잘거린다. 꿈의 모습은 생기를 띤다. 전에는 그림 같았다면 지금은 살아 숨 쉰다. 가족과 함께 꾸는 꿈이다.

그러고 보니 남편에게 지금의 꿈을 물어본 적이 없다.
"지금은 꿈이 뭐야?"

대답을 기다리는 짧은 시간 동안 은근히 가슴이 두근거렸다. 남편이 대답했다.

"부자."

나의 정원은 남편의 꿈이 이루어지면 생길 것 같다. 남편의 꿈도 응원해 본다.

이 글을 쓰는 동안 엄마들에게도 꿈이 뭐냐고 많이 물어보았다. 생각해 보니 서로에게 꿈이 뭐냐고 물어본 적이 없었다. 꿈을 물어볼 수 있어 좋았고 꿈에 대해 들을 수 있어 좋았다. 물어보고 답하는 공유의 순간 가슴이 두근두근했다. 친한 사이가 아니면 솔직해지기 어려운 질문이지만 이 책을 읽는 엄마들에게 꿈을 물어보고 싶다. 자신의 진정한 마음에 귀 기울이고 꿈을 소리 내어 말해 보길 기도한다.

박상미

엄마로 살아가는 시간은 '나'라는 나무가 땅속 깊이 뿌리를 내리며 거센 바람과 극심한 가뭄도 이겨낼 만한 인고의 힘을 키워내는 시간 이었다. 그 나무는 이제 뿌리에 집중되어 있던 양분을 줄기와 잎으로 도 보낸다. 그리고 꿈꾸기 시작한다. 옆에 지나가는 새를 바라보며 말을 걸기도 하고, 잎을 흔들어 그 소리를 듣기도 한다. 보이지는 않 지만 느껴지는 무언가를 향해 가지를 있는 힘껏 뻗는다.

"나, 땅을 만나고 싶어.", "나를 안아 주고, 서로를 안아 주는 삶을 살 거야." 마법의 주문을 외우듯 자주 말하게 되었다. 나에게 잘 들 리라고 이야기해 주고, 믿을 수 있는 가까운 사람에게 고백하듯 말한 다. 처음에 말할 때는 무언가 어색하고 부자연스러웠는데, 말할수록 점점 목소리가 명료해지고 시선은 또렷해진다. 누군가 혹은 사회가 정해 놓은 어떤 기준으로 자신을 바라보는 습관을 삶에서 모두 내려 놓을 수는 없지만, 그보다 더 소중한 것이 무엇인지 이제는 알아차릴 수 있다. 꿈을 꾼다고 해서 요술램프 속 지니가 소원을 이루어 주듯 인생의 엄청난 변화가 일어나는 것은 아닐 수 있다. 그렇지만 적어도 내 꿈이 무엇인지, 내가 누구인지도 물어보지 않고 사는 인생은 아닐 것이다. 꿈을 만나러 가는 길의 출발선에 설 의지만 있다면, 그 꿈은 벌써 반은 이루어진 것이다.

'라이팅미' 작가 모집 공고를 보자마자, 무언가에 홀린 듯 제일 먼저 손을 들었다. 꿈이라는 것을 다시 일으켜 세워 만나는 여정은 마치 사랑에 빠진 사람이 열병을 앓듯, 가슴이 요동치고 삶이 뜨거워지는 날들이었다. 꿈을 꾸는 열병을 앓으며 온몸의 호르몬이 반응했다. 그렇게 홀린 듯 시작했던 책을 쓰는 여정은 혼자가 아니기에 끝까지 포기하지 않고 마무리할 수 있었다. 함께 하는 엄마 작가들과 서로의 꿈을 있는 그대로 인정하고 지지하며, 우리는 꿈의 동지가 되었다. 내가 쓴 글에 하트와 댓글을 아낌없이 달아주며 나 자신보다도 더 격하게 기뻐하고 응원해 주는 그녀들의 진심에 감사를 넘어 황송함이 느껴졌다. 또 글을 쓰다 헤매고 벽에 부딪힐 때마다 앞에서 잡아주고 뒤에서 받쳐주며 이끌어 준 '블라썸원' 운영진들의 기획력과 진정성에 깊은 감사의 마음을 전한다.

'엄마의 꿈'에 대한 글을 쓰는 것은 애초에 생각했던 것보다 훨씬 더 깊이 나를 밑바닥까지 들여다봐야 하는 과정이었다. 글을 한 줄, 한 줄 적어 내려가며 "이게 진짜 내 꿈일까?" 다시 묻고, 또 물었다.

그렇게 쓰고 지우기를 반복하며 내 안의 나와 깊은 대화를 나눌 수 있었다. 그러다 보니, 이야기의 마지막 장에 다다랐을 때는 어느새 내가 나와 가장 가까운 친구가 되어 있었다.

이제 나 자신과의 대화에서 더 나아가 책을 읽어주신 독자분들의 꿈을 열렬하게 지지하고 응원하고 싶다. 그리고 당신이 꿈꾸는 삶과 세상에 관한 이야기가 궁금하다. 그 꿈이 어떠한 크기이든, 무슨 색깔이든 상관없이 꿈은 그 자체로 너무 아름답고 고귀하다. 그러니 주저 말고 마음껏 소리치고 주장해도 된다.

언젠가 세월이 흘러, 이 책을 다시 펴 보게 된다면 어떤 느낌일까? 손발이 오그라들까? 아니면 눈물이 흐를까? 그리고 엄마의 진실한 꿈 이야기를 내 아이가 어떻게 받아들일지도 궁금하다. "엄마는 꿈이 뭐야?"라고 재잘재잘 물어보는 아이에게 이제는 당당하게 말할 수 있다. 꿈을 향해 엉덩이를 씰룩이며 신나게 살아가는 엄마의 뒷모습이 아이에게 조금은 엉뚱하지만, 행복한 엄마로 기억되었으면 한다. 그리고 언젠가 어른이 될, 내 아이도 자기만의 온전한 삶을 상상하고 실험하며 자신을 더욱 사랑하는 삶을 살아가기를 두 손 모아 기도한다.

이 세상 모든 엄마가 가지고 있는 빛나는 가능성과 보석 같은 자원이 땅속에만 묻혀 있지 않기를. 어디선가 엄마로 살며 고군분투하고 있을 그녀들의 꿈을 절대 포기하지 않기를 염원한다. 주어진 삶에서 자신이 할 수 있는 만큼의 여력과 속도로 크고 작은 인생의 실험을 하며 살아가고 있을 당신에게 이 책의 한 구절이 작은 선물이 되었으면 한다. 어딘가에 고이 접어놓았던 '꿈의 쪽지'를 다시 펼칠 용기를 가진 당신. 당신의 삶을 진심으로 축복한다. 당신은 꿈을 꿀 충분한 자격이 있고, 그럴 만한 가치가 있는 소중한 사람이다.

박연현

'블라썸원' 대표 곽진영 작가님과 인연을 맺은 지 어느덧 4년이 되어 간다. 그녀는 언제나 엄마도 할 수 있다고 말하며 두 팔 벌려 안아 주고, 때로는 조금 더 나아가 보라고 등 떠밀어 주는 사람이었다. 무엇인지 알 수 없는 마법 같은 힘에 이끌려 그녀 곁을 맴돌며 필사도 했다가 에세이도 썼다가 브런치 작가도 되었다. 작가님이 이끄는 글쓰기 모임에 들어가 글을 쓰면서 흰 종이를 검정 글로 채우는 창작의 고통을 완성의 기쁨으로 채워 갔다. 정성껏 적어둔 글을 나 스스로 엮어 책으로 만들기도 하고, 시간이 없고 힘든 순간을 참고 끝까지 완성한 글을 브런치 출판 프로젝트에 제출해 보기도 했다. 내 글을 누군가가 읽어 주고 공감된다고 말해 주는 그 순간의 기쁨과 희열을 통해 글쓰기의 재미를 알아갔다. 그 덕분에 꾸준히 읽고 써 올 수 있었다.

몇 년간 품고 있던 속마음을, 나 혼자만 간직해 온 많은 생각을 세상에 펼쳐 보고자 공저 프로젝트에 참여하게 되었다. 프로젝트의 주제가 '엄마의 꿈'이라서, 꿈이라는 주제에 대해 글을 쓸 자신이 없어

도전하기 쉽지 않았다. 이상을 향해 살아왔지, 현실의 꿈을 잊고 살아온 내가 꿈이란 걸, 그것도 엄마의 꿈을 다시 펼쳐 볼 수 있을지 의문이 생겨 시작하길 주저했다. 책은 내 보고 싶은데 주제가 어려워 고민이라는 나의 말에 작가님은 여전히 너라면 할 수 있을 거라 말해 주고 용기를 주었다. 나를 믿어 주고 할 수 있다고 말해 주는 그 한마디에 용기가 샘솟았다. 언제나 그 한마디에 끝까지 달려온 나였기에 이번에도 '할 수 있다'의 마법을 믿어보기로 했다.

꿈이란 건 청소년기, 청년기에만 가질 수 있으리라 생각했다. 그것도 남들 눈에 대단해 보이는 거창한 무언가로 말이다. 꿈 덕분에 잔잔하게 흘러온 내 인생이지만 뒤늦게야 몸에 맞지 않는 걸 깨닫고 꿈을 잊고 살았다. 그저 안정적이고 편안하게 잘 살고 싶다는 생각으로 하루하루 열심히 걸었다. 사회의 일원으로 제 역할을 다하기 위해, 가정을 꾸리고 내 가족을 지키기 위해, 그리고 부모님께 효도하기 위해. 직업이 주는 만족감도, 가족이라는 울타리에서 느끼는 안정감도 모두 필요하고 가치 있지만, 그 울타리 속의 내가 씩씩하게 나아가기 위해 무엇보다 필요한 건 나를 들여다보고 보듬어 주는 일이란 걸 알게 되었다.

엄마가 되고 난 후에도 나를 가꾸는 일이 여전히 중요하다는 것을,

가족의 행복을 위해 나의 행복을 최우선 순위로 두어야 한다는 걸 책을 읽고 글을 쓴 덕분에 알아갈 수 있었다. 나를 글쓰기의 세계로 이끌어 주고 힘을 준 많은 사람과 함께 기록해 둔 마음속 외침은 꿈을 가진 사람으로 나아가기 위한 씨앗이 되었다. 고통이 즐거움이 되고 일상이 되는 글쓰기를 지속하다 보니 어느덧 속마음을 글로 풀어내는 것쯤은 어렵지 않게 느껴졌다. 그리고 내가 관심 있는 분야, 좋아하는 일을 찾는 것도 예전만큼 어렵지 않았다. 나란 사람은 삶의 지향점에 대해, 일의 목적에 대해, 행복의 의미를 풀어놓은 글 읽기를 좋아하고, 둘러 말하지 않는 사실적인 글쓰기를 좋아한다. 짙은 색 가구를 좋아하고 작은 공간 속에서 나 혼자 음미하는 기쁨을 찾아낼 줄 아는 사람, 사람을 모으고 무언가 해 보자고 부추기는 걸 즐기는 사람. 그렇게 나의 취향을 하나씩 발견하며 내면이 단단한 사람이 되어 간다.

엄마의 꿈 꾸기란 지금의 상황에서 내가 잘할 수 있고 즐거울 수 있는 일을 찾아가는 과정이다. 가정을 챙기느라, 아이 키우느라, 일하느라 잠시 잊고 있을 뿐, 누구에게나 마음속엔 하고 싶은 무언가가 잠들어 있을 것이다. 바쁜 하루에 10분이라도 온전히 나를 위한 시간을 갖는다면 그 시간의 힘이 쌓여 잠들어 있던 의욕이 깨어나고 '나를 아끼는 엄마'로 살게 해 준다. 그 작은 행복의 씨앗이 활짝 웃는 아내로, 부드러운 엄마로, 씩씩한 직장인으로 나아가게 해 줄 것임을 믿어 의심치 않는다.

가족의 울타리 속에서 행복이라는 열차가 별 탈 없이 나아가기 위해 필요한 건 그 열차를 이끄는 기관장인 내가 스스로 행복함을 유지하는 것이다. 꿈과 행복이란 거창하지 않아도 되는 것, 그저 나 스스로가 즐겁고 행복할 수 있는 목표를 향해 오늘도 한 걸음 나아가 보면 되는 것임을 알게 되었다. 꿈은 작고 사소해도 충분히 가치 있음을, 꿈을 향해 나아가는 과정이 즐겁고 행복할 때 내 인생이 반짝임을 이제야 깨닫는다. 엄마라는 이름의 삶도 반짝일 수 있도록 사소한 꿈 하나쯤 마음속에 품고 살아가려 한다.

지금의 내가 될 수 있도록 나를 믿고 격려해 준 부모님께, 가끔은 엉뚱한 것들에 시간과 돈을 쓰는 나를 언제나 지지해 주는 든든한 남편에게, 엄마로 살아가는 행복함을 일깨워 준 두 딸에게 사랑과 감사의 마음을 전한다.

박혜민

"엄마, 이번 여행에도 그곳 가요?"
"그래! 2층에 계신 부처님 만나러 가자."

　서울 여행을 가면 꼭 방문하는 곳이다. 서울 중앙박물관 2층 반가
사유상의 부처님을 조용히 바라보고 오면 무엇으로 표현할 수 없는
평온함이 가슴을 꽉 채운다. 태어나서부터 성당을 다닌 독실한 크리
스천이지만, 나는 전국의 절과 전국에 있는 부처님을 만나러 다니는
여행을 좋아한다. 나와 이름이 같은 스님 덕에 나의 종교가 불교인지
묻는 사람도 있다.

　나는 물처럼 구분 없는 사람이고 싶다. 성당을 가든, 절에 가든, 글
을 쓸 때는 유튜브에서 CCM을 틀고 글을 쓰기도 하고, 삶이 힘겨울
때 스님과 목사님의 설교를 듣기도 한다. 요즘은 참 좋은 세상이다.
유튜브를 통해 신부님도 목사님도 스님도 만날 수 있으니 말이다. 그
리고 무엇보다 나 같은 사람이 작가라고 불릴 수 있으니 말이다.

두 번째 책이 세상에 나왔다. 첫 책을 내고는 부끄러워서 주변 사람들에게 이야기하지 못했다. 사실 누가 그 책을 읽었다고 하면 얼굴이 붉어졌다. 하지만 두 번째 책은 담담해진다. 글쓰기 실력이 향상된 것이 아니라 얼굴이 두꺼워졌다. 내가 글을 썼지만, 그것을 읽어내는 독자에 따라 다르게 읽힐 것을 알기 때문이다.

책을 내고 좋은 점은 북토크를 할 수 있다는 점이다. 나는 사실 북토크를 하고 싶어서 책을 냈다. 그래서 책이 나오고 북토크 준비를 할 때 너무 신이 난다. 그곳에서 만난 눈이 반짝반짝하는 사람들을 만날 수 있어 기쁘다. 그래서 '블라썸원'의 '라이팅미'가 너무 감사하다. 나를 작가가 되도록, 내가 북토크를 할 수 있도록 기회를 준 사람들이니깐. 그들의 선한 영향력을 보며 나도 꿈꾼다.

나도 누군가를 도울 수 있다면, 물론 지금도 나는 누군가를 돕는 일을 한다. 힘겨워하는 아이의 어깨를 보며 말을 건네고, 눈가 촉촉해진 아이의 눈을 맞추며 이야기를 들어준다. 남자아이들이 던지는 가벼운 농담을 잡아 수업에 이끌고, 새침한 여자아이들에게 괜히 팔짱을 껴 본다.

학교에서 해야 하는 일에 겁 없이 손을 든다. 이것저것 많이도 들어 소진될 때도 있지만 이제는 한정된 나의 에너지를 알기에 잘 조절하며 우선순위를 두며, 내가 할 수 있는 일과 없는 일을 구분하며 담담히 오늘도 살아간다.

나는 그저 주변의 작은 것 하나하나에 관심을 가지는 사람으로 계속 살아갈 것이다. 가볍게 가볍게 작은 성공을 계속 쌓을 것이다. 주변에 좋은 사람들을 계속 만날 것이다. 주변에 좋은 책들을 계속 읽을 것이고, 평생 공부할 것이다.

책을 내고 알게 되었다. 나를 있는 그대로 보여주어도 내 곁에는 나를 아끼는 사람들이 그대로 있다는 것을, 참 못난 나지만 난 참 인복은 있다. 내 곁에 존재해주는 그들이 고맙다. 북토크 때 돈을 지불하고, 귀한 시간 내어 앉아 있어 준 사람들이 고맙다. 아무것도 아닌 나를 있는 그대로 받아들이고 나는 자유로워졌다.

아이들과 서점에 가서 내 책을 보고 온 경험, 내가 사랑하는 도서관에 나의 책이 있는 것을 본 경험, 아이들이 "엄마, 진짜 작가구나!"라고 기뻐하며 나를 안아 주는 경험, 이 경험들은 책을 출간하였기에 얻을 수 있는 경험이다.

집 앞 그림책방에서 열린 북토크에 신청하고, 작가님을 만나고 내가 지금 이렇게 글을 쓰고 있다 해도 과언이 아니다. 북토크를 가라! 작가도 만날 수 있고 사람도 만날 수 있다. SNS에 글을 써라. SNS를 보지만 말고 생산하라! 나의 유튜브 'Book만남'을 보면 알 수 있다. 얼마나 손발이 오그라드는지, 하지만 오늘도 나는 손발이 오그라드는 부끄러움을 이겨낸다. 그리고 내가 아무것도 아닌 존재임을 받아들이고, 나만의 속도로 그 일들을 계속한다. 유튜브도 블로그도 인스타도 앞으로 새롭게 나올 SNS도 그것을 해야 하는 이유는 사람을 만나기 때문이다.

반가사유상의 부처님 미소처럼 온화한 미소를 띠며 사람들을 만나고 싶다. 내가 지금 꿈꾸는 꿈은 무엇일까? 내가 이루고자 하는 다음의 꿈은 무엇인지 모르겠다. 꿈을 꾸면 모두 이루어 낼 것이기에, 이제는 꿈꾸는 것이 신중해진다. 나 혼자만의 꿈이 아니라 나의 꿈을 통해 다른 사람의 꿈을 돕고 싶다. 나의 꿈을 통해 사회가 조금 더 나아지는 사회가 되는 꿈을 꾸고 싶다. 그러기 위해 겁 없이 계속 손을 들 것이고, 세상을 호기심 가득한 눈을 바라볼 것이다.

황태경

　예전의 나는 아이가 아파도 이런 아이를 두고 일하러 나간다는 그 자체에 아이들에게 미안하고, 나 자신에 대해 회의감에 찌든 날이 많았다. 엄마라면 누구나 다 겪는 가장 큰 산이 육아일 것이다. '육아와 일을 함께 하는 게 맞는가?'라는 생각은 일하는 엄마라면 누구나 겪는 과정이다. 워킹맘으로 육아와 일에 찌들어 꿈에 대해 진지하게 생각해 본 적이 없다가 갑자기 '블라썸원'의 '라이팅미' 2기 작가로 도전하게 되었다.

　책의 주제가 '꿈'이다 보니 다시 한번 더 열정에 불을 질러주는 기회가 되었다. 나는 박사 학위를 받는 게 40세 인생 목표였다. 지금은 행복한 엄마, 꿈꾸는 엄마로 하루하루 힘겹지만 나에게 집중하는 엄마가 되기로 했다.

　내 인생 목표를 N잡러로 행복한 엄마가 되고 싶다. 건강을 유지하면서 N잡러의 꿈을 향해 열심히 사는 목표가 생겼다. 꿈을 이루기 위해 하나하나 배우면서 열정적으로 노력하고 있다. 매년 인생 노트에 앞으로의 계획과 올해 목표를 세운다. 지금도 목표를 위해 책을 읽으면서 작가가 되기 위해 도전하고 있다. 글을 쓰는 작가도 버킷리스트이자 내 목표 중 하나이다. 이번 기회로 글 쓰는 게 이렇게 어렵고, 힘들다는 걸 도전해 보고서야 알았다. 단순히 작가가 되고 싶다고 생각만 했지 정말 이렇게 책이 출판될 거라고는 생각도 못했다. 나도 나 자신에 대해 대견하지만 주위에서도 놀라고 있다. 하지만 이 순간 나만의 시간을 갖고 글을 쓸 수 있다는 자체에 고단하지만 너무 행복하다.

나는 결국 N잡러가 되어 진정으로 원하는 꿈을 성취할 수 있기를 꿈꾼다. 그리고 나 같은 단순 무식한 엄마도 결국 마음먹은 대로 해냈으니, 긍정의 에너지와 함께 육아와 직장이라는 큰 산을 오르고 있는 워킹맘들에게 그만 죄책감은 버리고, 현명하고 지혜롭게 사는 방법을 들려주고 싶었다. 이 글을 읽고 있는 독자들에게 용기를 주고 싶다. 원하고, 생각하고, 도전하고, 하다 보면 어느 순간 이루어져 있다는 사실을.

이러기 위해서는 나 자신에 대한 사랑과 믿음이 필수적이다. 간신히 한 발 내디뎌서 가더라도 불안함에 주저앉지만, 나를 사랑하고 믿어 주는데도 시간과 노력이 필요하다. 앞으로 계속해서 성장할 미래의 나를 상상하며 스스로에게 응원과 격려의 메시지를 보내 보자. 언젠가 당신이 꿈꾸던 그 그림 속에 서 있는 멋진 주인공이 된 나 자신을 발견하게 될 것이다. 그러니 힘들더라고 주저하지 말고 포기하지 않고 나아가 보면 힘들고 지친 순간이 추억이 되어 있을 것이다. 진정한 나의 삶과 꿈에 대해서 한번 더 생각해 보는 기회가 되길 바란다.

앞으로는 나의 시간을 위해, 해야 할 일을 당연하게 당당하게 하리라 선언할 것이다. 그리고 "지금만큼만 하면 된다고 여전히 잘하고 있다."라고. 그리고 엄마이기 전에 우린 육아든 직장에서든 이미 전문가이니 당당하게 요구하고 그것을 누릴 자유와 권리가 있다고 말해주고 싶다. 내 인생에 다른 사람들 때문에 시간 낭비하지 말고 나에게 더 집중하려 애를 쓰자. 내 마음속 목소리를 듣고 원하는 걸 도전해야 한다.

그리고 이름값 하며 행복한 엄마로 되기 위해서 사사로운 일에 시간을 낭비하지 말고 주어진 시간에 내 몸값을 올리는 곳에 투자하고 에너지를 쏟을 것이다. 이 글을 읽고 있는 엄마들이 행복해지길 바란다.

마지막으로 이 글을 완성하고 작가라는 꿈을 도전할 수 있게 디딤돌 같은 역할을 해 준 '블라썸원' 관계자와 일곱 명의 작가님에게 감사하다. 언제 어디에 있던 무조건 달려와 주는 내 사랑 이서방과, 내 보물 두 아들과, 그리고 가족들 사랑합니다.

이 글을 읽고 있는 엄마들이여 우린 할 수 있다. 우린 뭐든 해낸다. 왜냐고? 우린 꿈을 가진 엄마이니까.